COLLECTION FOLIO

Gainsbourg

Mon propre rôle

2

Précédé d'un entretien
et suivi
d'un recueil de pensées,
aphorismes et humeurs

Denoël

Avertissement de l'éditeur :

Tous les textes de *Mon propre rôle* (à l'exception du chapitre « Dernières nouvelles des étoiles » qu'il n'a pu revoir dans le tome 2) sont conformes au dernier état corrigé et voulu par Serge Gainsbourg. Ils constituent donc l'édition définitive de la somme de ses textes.

Conception et réalisation :
Franck Lhomeau et Alain Coelho.

Serge Gainsbourg, qu'est-ce que cela vous fait de voir rassemblés tous vos textes ? Est-ce qu'il vous en reste quelque chose ?

— Je crois que j'ai pris mes distances. C'est tout ce que je peux dire.

— *Mais les gens vous parlent de cela. Vous êtes essentiellement Gainsbourg. Alors ?...*

— Tout ce que les gens peuvent imaginer sur moi je le sais. Je me connais assez pour n'avoir plus rien à apprendre de moi par personne interposée.

Est-ce que vous avez écrit Evguénie Sokolov [1] *à haute voix ?*

— Non. Avec les yeux.

— *Il y a un passage d'*Evguénie Sokolov (« *et je fixais d'un œil glauque les chiffres des étages* ») *où l'on peut retrouver cependant la même humeur que dans* L'Homme à tête de chou...

— Oui, il y a un parallèle.

1. Roman de Gainsbourg, 1980, Gallimard.

— *Avez-vous écrit* Evguénie Sokolov *avec dans la tête une humeur musicale ?*

— Non.

— *Donc c'est vraiment une écriture littéraire...*

— Graphique. Le mot pour le mot. Le mot véhiculant l'idée et non pas l'idée véhiculant le mot. Primordial. Pas de mot pas d'idée.

La collure des mots, la déflagration des collures dont parle Eiseinstein à propos du cinéma.

Je pense à Lola rastaquouère, *qui semble l'un de vos derniers textes les plus importants. Bien sûr il y a* Jésus-Christ rastaquouère...

— J'ai la plaquette de Picabia. Il y a *rasta* aussi dans rastaquouère.

— *Est-ce que dans* Lola rastaquouère *vous pensez accéder à une humeur qui aurait parcouru tous vos textes, depuis longtemps déjà, et qui serait là pure ?*

— Oh j'irai plus loin, certainement.

Mais c'est pour moi, comment dirais-je...

— *Une note que vous cherchiez depuis longtemps ?*

— Ça n'est pas une note finale. C'est un point d'orgue.

Ou alors une blanche. En vérité c'est une noire, une noire qui se lirait comme une blanche.

En fait je n'en sors pas de ces Lolita, mais c'est abstrait. Ce sont des filles sans sexe et sans esprit.

— *C'est-à-dire...*

— Des vertiges de pureté. C'est nul.

Est-ce que vous avez eu l'impression, au moins une fois, de vous livrer dans vos textes ?

— Non..., peut-être dans *Initials BB*[1], et *Je t'aime moi non plus*[2] c'est un peu bio... bio... c'est graphique.

— *J'ai l'impression cependant que vous êtes extrêmement sincère dans vos textes. Est-ce que vous n'y livrez pas au fond vos secrets ?*

— J'ai toujours prétendu avoir mis un masque et ne plus pouvoir le retirer. En fait, je crois que si l'on retire le mien... vous avez les mêmes traits en dessous.

Maintenant je pense que je ne suis pas si faux-cul que ça, que je suis assez sincère dans ce que je balance.

— *Mais alors qui est-ce que vous voulez atteindre ?*

— Atteindre ?

— *Oui, qu'est-ce qui fait que ça sonne juste quand vous lancez quelque chose ? par rapport à qui ?*

— ... un sens de l'esthétique avant toute chose.

— *Mais il n'y a personne dans ce sens de l'esthétique, c'est vous seul...*

— ... Peut-être est-ce ma laideur physique qui m'a fait rechercher d'une manière aussi effrénée l'esthétique, l'esthétisme et l'agencement des objets dans l'espace.

Une maladie mentale que je cultive avec soin.

Quand vous vous relisez, vous reconnaissez-vous ?

— Je me relis rarement. Je connais tout ça par cœur. J'aime bien relire *Cargo culte*[3] et *Lola rastaquouère*[4], très peu de chose.

1. Voir texte p. 175. *Mon propre rôle 1.*
2. Voir texte p. 215. *Mon propre rôle 1.*
3. Voir texte p. 231-232. *Mon propre rôle 1.*
4. Voir texte in *Mon propre rôle 2.*

— *Vous dites que vous connaissez tout cela par cœur...*

— C'est un mensonge.

— *... j'allais vous demander si vous étiez fatigué parfois de tout ce que vous connaissiez par cœur.*

— J'aimerais, comme je détruisais mes dessins, faire ça avec mes disques. Mais comme j'ai le don d'ubiquité c'est techniquement impossible.

Je regrette parfois de ne pouvoir effacer à 99 pour cent ce que j'ai fait.

Après un certain nombre d'années de chansons, d'ouvrages, une reconnaissance maintenant générale, qu'est-ce que cela vous fait les hommes ?

— Je crois que j'ai trouvé le mot de la fin. Quand je casserai ma pipe, encore faut-il qu'il y ait des témoins parce que s'il y a un crash d'avion on ne peut pas faire un mot d'esprit, je dirai : je ne fais que passer.

— *Et des hommes que vous avez côtoyés, et des femmes en général qu'est-ce que vous diriez ?*

— ... que j'étais, à parts égales, misogyne et misanthrope. Je m'inclus dedans.

— *Des êtres vous donnent-ils parfois le sentiment que vos mots portent ? Je veux dire le sentiment de la réciprocité.*

— La réciprocité ça se trouve plutôt à l'horizontale.

— *... et à la verticale ?*

— A la verticale c'est plus duraille. Cette réciprocité-là, je dirai que c'est plus facile avec coups et blessures.

— *Vous étiez à Strasbourg, vous vous êtes mis à chanter* La Marseillaise *en tendant le poing, ça ne peut pas être prémédité...*

— A mon poignet il y avait la plus petite montre du monde, qui est aussi la plus chère.

— *C'est cela que vous avez montré finalement, et pas votre poing...*

— C'était le poing quand même, il se trouve que le bijou était là.

— *Et ça a quelle importance ces points précieux qui sont autour de vous?*

— Cela m'envoie des ondes esthétiques. Les ondes esthétiques dont j'ai besoin comme d'oxygène.

(un temps)

Je prétends préférer me faire écraser par une Rolls Royce que par un seize tonnes.

(un temps. champagne.)

Avez-vous lu Baudelaire?

— Je ne suis plus à l'âge où on lit. Je n'ai pas de temps à perdre dans des erreurs de parcours. Donc je relis. *Le Journal de l'année de la peste* de Daniel Defoe, Huysmans, *Là-bas, A rebours,* Poe traduit par Baudelaire, et Baudelaire et Rimbaud, c'est tout.

J'ai relu aussi, pour le plaisir du bouquin parce que j'ai l'édition originale, *Madame Bovary,* en deux tomes. Très joli. Je relis *Adolphe* aussi.

— *Vous connaissez bien le personnage de Benjamin Constant?*

— « Constant dans l'inconstance » c'était sa devise.

— *Vous me racontiez tout à l'heure que, déprimé, vous avez pris une suite à l'hôtel Lancaster...*

Est-ce que c'est un acte esthétique au fond, est-ce que ça fait partie du jeu tout ça ?

— « No comment », comme on dit dans les hautes sphères de la stratégie américaine. Il est des douleurs qui sont proches un peu des climax, proches de l'orgasme tellement elles sont fulgurantes.

— *Est-ce que, au fond, vos œuvres les plus pures, vos sentiments les plus profonds, vous les avez écrits ?*

— Non. Je n'ai jamais eu besoin dans les tempêtes d'avoir un carnet de bord. Il me faut du recul. A chaud je ne peux pas. Du moins pour l'instant. Mon prochain bouquin sera un journal fictif. J'en emprunte le titre à ce dessin de Paul Klee qui m'appartient : *Mauvaises nouvelles des étoiles.*

On a dit que vous ne croyiez en rien, on emploie souvent à votre égard le mot de nihilisme...

— Je suis plutôt un aquoiboniste qu'un nihiliste, ce qui est plus nuancé. Parce qu'au bout du nihilisme il y a un revolver.

— *J'ai l'impression que vous croyez au fond à vos virgules les plus intimes...*

— Des virgules je ne sais pas. Je crois que j'ai des points de suspension à l'intérieur de moi. Un peu comme des impacts de pistolet-mitrailleur.

— *Est-ce qu'il y a eu des périodes de votre vie où vous avez eu envie de ne plus parler ? de ne plus émettre de sons...*

— Je n'aime pas les lieux communs. Je suis un taciturne et un laconique.

Nietzsche dit quelque part que le grand risque pour l'homme, l'homme et son œuvre, c'est la femme, c'est rencontrer son œuvre vivante. Est-ce que Jane Birkin est une œuvre pour vous ?

— No comment.

— *Pensez-vous à votre mort ?...*

— Peut-être à la suite de cet incident cardiaque des années soixante-quinze. Je pense à la récidive. Ça me donne des douleurs psychosomatiques.

— *Vous y pensez concrètement ?... est-ce que vous imaginez, par exemple, votre intérieur, ici, sans vous, après votre mort ?*

— Je vois très bien la laque de mon Steinway briller encore deux cents ou trois cents ans.

Je vais mettre dans mes dernières volontés : cassez mon piano.

Le cynisme, c'est savoir le prix de tout
et la valeur de rien.

OSCAR WILDE

I

Pour Jane

Signalement
Yeux bleus, cheveux châtains
Jane B.
Anglaise de sexe féminin
Age, entre vingt et vingt et un
Apprend le dessin

Domiciliée chez ses parents
Yeux bleus, cheveux châtains
Jane B.
Teint pâle le nez aquilin
Portée disparue ce matin
A cinq heures moins vingt

Yeux bleus, cheveux châtains
Jane B.
Tu dors au bord du chemin
Le couteau de ton assassin
Au creux de tes reins

Hey Johny Jane
Te souviens-tu du film de Gainsbourg Je t'aime
JE T'AIME MOI NON PLUS un joli thème
Hey Johny Jane
Toi qui traînes tes baskets et tes yeux candides
Dans les no man's land et les lieux sordides
Hey Johny Jane
Les décharges publiques sont des atlantides
Que survolent les mouches cantharides
Hey Johny Jane
Tous les camions à benne
Viennent y déverser bien des peines infanticides

Hey Johny Jane
Tu balades tes cheveux courts ton teint livide
A la recherche de ton amour suicide
Hey Johny Jane
Du souvenir veux-tu trancher la carotide
A coups de pied dans les conserves vides
Oh Johny Jane
Un autre camion à benne

Te transportera de bonheur en bonheur sous les cieux
[limpides
Hey Johny Jane
Ne fais pas l'enfant ne sois pas si stupide
Regarde les choses en face sois lucide
Hey Johny Jane
Efface tout ça, recommence, liquide
De ta mémoire ces brefs instants torrides
Hey Johny Jane
Un autre camion à benne
Viendra te prendre pour t'emmener vers d'autres
[Florides

Hey Johny Jane
Toi qui traînes tes baskets et tes yeux candides
Dans les no man's land et les lieux sordides
Hey Johny Jane
Écrase d'un poing rageur ton œil humide
Le temps ronge l'amour comme l'acide

Télégramme à Jane

J'aimerais que ce télégramme
soit le plus beau télégramme
de tous les télégrammes
que tu recevras jamais
et qu'ouvrant ce télégramme
et lisant mon télégramme
à la fin du télégramme
tu te mettes à pleurer
en disant : oh, le joli télégramme.

J'aime ma poupée orang-outang
Orang-outang orang-outang
Je l'adore jamais je ne dors sans
Orang-outang orang-outang

Il m'fait les yeux blancs
Il n'a plus de dents
Mais depuis longtemps
J'aime ce gros dégoûtant

Je connais pourtant
Des garçons charmants
Qui m'aiment vraiment
Et qui roulent en Ford Mustang

Mais moi j'aime mon orang-outang
Orang-outang orang-outang

Allô Allô allô
C'est Johny ? c'est Lulu ?
Allô Allô allô
— Salut poulette
— C'est qui ?
— T'inquiète
Tu m'connais pas comme j'te connais
Dis donc on pourrait faire dodo ensemble
Qu'est-ce que t'en dis ?
— Raccrochez c'est une horreur

Allô Allô allô
— Oui oui j'suis toujours là
— T'as de la suite dans les idées hein
— Eh poupée, tu couches à poil
Ou en pyjama réponds
— Raccrochez c'est une horreur

Allô Allô allô
T'es un pauvre malade hein
Faut aller te faire soigner
— T'occupe

Tu sais c'que j'ai envie d'te faire
Devine, des bisous tout partout
— Raccrochez c'est une horreur

Allô Allô allô
Eh dis donc le maniaque sexuel
Tu pourrais pas m'oublier un peu
— Petite devine un peu
C'que j'suis en train d'me faire en ce moment
— Raccrochez c'est une horreur

Lorsque j'ai l'cafard dans la tête
Que je visionne tout en noir
Je me mets à jouer des claquettes
En longeant le bord des trottoirs.

Tout's les emmerdes de la vie
Disparaissent par enchantement
Flic ! Flac ! Floc ! Même sous la pluie
Dans ma p'tit' tête, il fait beau temps.

Ce matin comme j'esquissais
Un nouveau pas très épatant
Voilà t'y pas que j'ai glissé
Dans la merde. C'est dégoûtant.

Ce qui me gêne c'est l'odeur
Mais il paraît qu'ça port'bonheur.

Di doo dah

Mélancolique et désabusée
J'ai je n'sais quoi d'un garçon manqué
Je n'ai jamais joué à la poupée
Je griffe ceux qui essaient de m'embrasser

Les autres filles n'se posent pas d'questions
Elles courent les rues et les dancings et les garçons,
pas si cons

Difficile de m'imaginer
Qu'un de ces quatr's ça va m'arriver
Je suis l'portrait d'mon père tout craché
Il chantait di doo di doo dah
Quand il m'accompagnait au lycée

Les autres filles ont de beaux nichons
Et moi, moi je rest'aussi plate qu'un garçon
Que c'est con

Sur le bord des routes
Je fais signe aux camionneurs
Les gros bras les brutes
Les gorilles ne me font pas peur

Help ! Help ! arrête-toi mon beau poids lourd
Prends-moi, emmène-moi sur ton gros cul
Porte-moi aux nues

Les gosses de riche
Des Porsche et des Maserati
Ne m'inspirent à moi
Que du dégoût que du mépris

Help ! Help ! arrête-toi mon beau quinz'tonnes
Prends-moi sur ton camion frigorifique
Loin de ce trafic

Les gens m'éclaboussent
En m'effleurant de leurs ailes
Il me semble percevoir
L'bruit d'un moteur Diesel

Help ! Help ! arrête-toi beau camionneur
Mais oui j'entends là-bas comme un klaxon
Est-ce Calberson ?

C'est pas vrai dans l'virage
Un camion paraît enfin
Je suis dans ses phares j'avance
Il fait hurler ses freins
Help ! Help ! Je suis à toi mon beau routier
Prends-moi prends-moi sur ton camion citerne
La vie est si terne

Puisque je te le dis
Mais oui je t'aime
Puisque je te dis qu'non
T'es drôle quand même
Ça fait au moins deux heures
Qu'on est là-dessus
Ça commence à bien faire
Moi j'en peux plus

Puisque je te le dis
Je te le jure
Puisque je te dis qu'non
Mais si j't'assure
Pas plus tard que tout à l'heure
Je s'rai à toi
C'est c'que tu cherches à me faire dire
Hein c'est bien ça

Puisque je te le dis
Bien sûr c'est vrai
Puisque je te dis qu'non
Qu'est-ce que j'aurais

D'plus à t'mentir d'ailleurs
T'auras qu'à voir
Quand on s'ra seuls tous les deux
Si c'est des bobards

Puisque je te le dis
Tu as ma parole
Puisque je te dis qu'non
C'n'est pas l'alcool
Viens viens allons ailleurs
Où ? n'importe où
Chez toi chez moi peu importe
Je n'tiens plus debout

Puisque je te le dis
Mais oui je veux
Puisque je te dis qu'non
J'veux c'que tu veux
Je t'aime mais oui
Mais oui je t'aime
Puisque tu me le dis

J'aimerais te dire que je te suis fidèle
Mais d'abord je trouve que ça ne serait pas bien
Car vois-tu ce n'est pas vrai
Et autant que tu saches
A quoi t'en tenir avec moi
Non jamais je ne t'ai rien promis de tel
Au tout début tu trouvais ça très bien
Maintenant que tu l'as oublié
Tu trouves que c'est vache
Mais moi je ne vois pas en quoi

J'y peux rien c'est la vie qui veut ça
C'est la vie ça n'est pas moi
Moi je voudrais bien être autrement
Mais je ne vois pas comment

Souviens-toi la première fois à l'hôtel
Tu m'as dit que j'étais une petite putain
Alors tu aurais préféré
Que je te le cache ?

Mais moi je ne vois pas pourquoi
Si tu veux m'garder
Il faut me prendre telle quelle
Et t'faire à l'idée que j'ai des copains
Moi je te dis la vérité
Et tout de suite tu te fâches...
Il n'y a vraiment pas de quoi

Je souffle dans les capotes anglaises
Ça fait des jolis ballons
J'en ai lancé treize
De mon balcon
Cellophanes de supermarché
Peaux diaphanes qui selon
Le vent de l'été
Volent ou non

Je souffle dans les capotes anglaises
Je fais des ballons-sondes
Mais j'vous mets à l'aise
En deux secondes
Je ne les prends que pour ça
Pour faire des ballons-saucisses
Des aérostats
Rien d'autre non

Je souffle dans les capotes anglaises
Zeppelin Explorer deux
Ça crée un malaise
C'est pas sérieux

Satellites artificiels
Montez vite jusqu'à Orion
Allez dans le ciel
Faire les cons

Avant d'ouvrir le gaz elle pense à son canari
Avant d'en finir une fois pour toutes avec la vie
Elle prend la cage et va sur le balcon
Le vent glacé de l'hiver l'a saisie lui donne des frissons
Elle a ouvert le gaz et s'allonge sur son lit
Sur le pick-up elle a mis son disque favori
Déjà elle n'a plus toute sa raison
Elle voit d'étranges fleurs des fleurs bizarres et des [papillons
Tandis que sur Londres lentement descend la nuit
Sur le guéridon auprès de la fille endormie
On peut lire griffonné au crayon
Rien que ces quelques mots : *le canari est sur le balcon.*

Oh mon amour
Mon amour baiser
Baiser d'amour
Baiser tendre baiser fou
Baiser mouillé
Baiser chaud baiser doux
Baiser brûlant
Baiser long gros bisou
Baiser doigt sucer pouce
Et puis baiser bouche
Baiser doigt sucer pouce
Puis baiser peau douce

Oh mon amour
Mon amour baiser
Baiser d'amour
Baiser tendre baiser fou
Baiser mouillé
Baiser chaud gros bisou
Baiser cou
Baiser gorge baiser sein
Baiser ventre baiser reins

Baiser hanche baiser
[cuisse
Et puis baiser tout

Banana boat

Pas la moindre fille à l'horizon
Ah si j'pouvais m'embarquer
Que de retard d'affection

Bien avant d'arriver à Dakar
Le premier que je prendrai
Sera le marin de quart
Pas longtemps car

J'irai voir le marin dans les soutes
Avec lui ça va chauffer
Et pas seulement au mazout

Après quoi j'remont'rai en cabine
Me faire une petite idée
D'comme on traite dans la marine
Une gamine

Après trois ou quatre matelots
Histoire de récupérer
Je f'rai des frais au cuistot
Puis rassasiée j'irai

Près des haubans de misaine
Et là je m'efforcerai
D'sortir d'sa réserve hautaine
Le capitaine

Sur ma mécanique
Orange l'aiguille indique
Deux cents l'allure est fan-
Tastique
Je fonce d'autant
Qu'je fais partie d'un gang
De banlieue sa devise
Est bang

Une belle mécanique
Cette Kawasaki
L'week-end de tout mon cœur
J'la brique
Si un gars du gang
La touche je lui flanque
Vite fait une paire de gi-
Fles bang

Réflexe mécanique
De justesse j'évite
Quelques pylônes é-
Lectriques

Ma machine tangue
Dangereusement manque
De chance un pneu éclate
Et bang

Sous ma mécanique
Je suis prise de panique
Je sens que ça tourne au
Tragique
J'ai là sur la langue
Un goût d'risque et de sang
Et mon cœur qui fait
Bang

Près du flipper qui passe au vert qui passe au rouge
Je danse seule juste pour le plaisir de danser
Je r'mue des hanches c'est comme une cible qui bouge
Sur l'bas d'mon dos le regard des hommes est braqué

J'aime les coins un peu sordides j'aime les bouges
J'aime les zincs j'aime les bistrots enfumés
Je r'mue des hanches c'est comme une cible qui bouge
Je prends un malin plaisir à les allumer

J'marche au coca tandis qu'les autres marchent au
[rouge
Au bout d'une plombe ils se mettent tous à tituber
Je r'mue des hanches c'est comme une cible qui bouge
Et c'est pas rare que ça finisse par bagarrer

Près du flipper qui passe au vert qui passe au rouge
Je danse seule juste pour le plaisir de danser
Je r'mue des hanches c'est comme une cible qui bouge
Salut les mecs vendredi soir je reviendrai

Au milieu des vagues
Accroupie les yeux vagues
LA BAIGNEUSE DE BRIGHTON
A dans son derrière,
Pliées en zig-zag,
Des photos quelques vagues
Souvenirs de Brighton
Et du bord de mer

Royal Pavilion,
The lanes and The Old Steine
Adelaide Crescent and Rottingdean,
Black Rock Railway,
The Palace Pier, Kemptown,
Regency Crescent and Whitehawk Down

Une écriture vague
Au-dessous du tampon
De la poste de Brighton
Me dit que c'est lui

Mais quoi je divague
Non non c'est pas d'la blague
Je lis *Salut pauvre conne*
Adieu c'est fini

Maman, connais pas
La solitude, je n'connais que trop
Dire qu'il y'en a des comm'moi qui dorment bien au [chaud
Hier soir j'ai lu SANS FAMILLE dans le métro
Je suis d'l'assistan-
Ce et croyez-moi c'est bien attristant

Le monde, connais pas
Mais par ici je connais par cœur
Si j'avais du fric, j'prendrais un billet pour ailleurs
J'ai un vieil atlas quand je l'ouvre je pleure
J'aimerais voir Istan-
Bul et Bagdad et l'Afghanistan

L'amour connais pas
L'amour physique oui, sur l'bout des doigts
Avec des garçons qui prennent leur plaisir sans moi
Tristan et Yseult j'ai lu au moins cent fois
Je suis si triste en
Y pensant je cherche mon Tristan

Ex-fan des sixties
Petite Baby Doll
Comme tu dansais bien le rock n'roll
Ex-fan des sixties
Où sont tes années folles
Que sont devenues toutes tes idoles

Où est l'ombre des Shadows
Des Birds des Doors
Des Animals des Moo-
Dy Blues
Séparés Mac Cartney
George Harrison
Et Ringo Starr et John
Lennon
Disparus Brian Jones
Jim Morrison
Eddy Cochrane Buddy
Holly
Idem Jimmy Hendrix
Otis Reading
Janis Joplin T-Rex
Elvis

Je laisse des traces de mon passage
Sur tout ce que j'effleur' avec mon maquillage
    Apocalypstick
    Apocalypstick
Sur toutes les anatomies
Ma bouche se dessine en décalcomanie
    Apocalypstick
    Apocalypstick

Tout ce que j'aime et que je touche
Du bout des lèvres gard' l'empreinte de ma bouche
    Apocalypstick
    Apocalypstick
Rouge de vamp ou de vampire
C'est avec ce crayon que s'inscrit mon délire
    Apocalypstick
    Apocalypstick

Zazie
A sa visite au zoo
Zazie suçant son Zan
S'amusait d'un vers luisant
D'Isidore Isou
Quand zut ! Un vent blizzard
Fusant de son falzar
Voici zigzaguant dans les airs
Zazie et son Blazer

L'oiseau
Des îles est pris au zoom
Par un papparazzi
Zigouilleur visionnaire
De scherzi de Mozart
Drôle de zigoto
Zieuteur du genre blasé
Mateur de photos osées

Zazie
Sur les vents alizés
S'éclate dans l'azur

Aussi légère que bulle d'Alka Selzer
Elle visionne le zoo
Survolant chimpanzés
Gazelles lézards zébus buses et grizzlis d'Asie

L'oiseau
Des îles est pris au zoom
Par l'autre zèbre, bonne zigue
Zazie le fusillant d'un bisou
Lui fait voir son bazar
Son zip et son Zippo
Fendu de A jusqu'à Zo

Il est interdit de passer
Par cette mélodie
Il est interdit de passer
Par cet air-là.
Cette mélodie est privée
Strictement interdit danger
Il est interdit de passer
Par cette mélodie
Il est interdit de passer
Par cet air-là
Cette mélodie est à lui
Et son passage est interdit
Il est interdit de passer
Par cette mélodie
Il est interdit de passer
Par cet air-là
De l'emprunter c'est défendu
C'est un passage sans issue
Il est interdit de passer
Par cette mélodie
Il est interdit de passer
Par cet air-là
C'que cette mélodie me rappelle
C'est strictement confidentiel

C'est un aquoiboniste
Un faiseur de plaisantristes
Qui dit toujours à quoi bon
A quoi bon

Un aquoiboniste
Un modeste guitariste
Qui n'est jamais dans le ton
A quoi bon

Un aquoiboniste
Un peu trop idéaliste
Qui répèt' sur tous les tons
A quoi bon

Un aquoiboniste
Un drôle de je m'enfoutiste
Qui dit à tort à raison
A quoi bon

Un aquoiboniste
Qui s'fout de tout et persiste

A dir' j'veux bien mais au fond
A quoi bon

Un aquoiboniste
Qu'a pas besoin d'oculiste
Pour voir la merde du mon-
De à quoi bon

Un aquoiboniste
Qui me dit le regard triste
Toi je t'aime, les autres ce sont
Tous des cons

Nous nous sommes dit tu
Nous nous sommes dit tout
Nous nous sommes dit vous
Puis nous nous sommes tus

Nous nous sommes foutu
Sur la gueule tant de fois
Et moi dans mon émoi
Je nous voyais foutus

Toi tu as abattu
Tes as et tes atouts
Moi j'étais prête à tout
Par avance battue

Et je te disais tue, moi
Tue-moi si tu es un homme
Tu n'es qu'une pauvre pomme
Car tu n'as jamais pu

Il est parti chercher des cigarettes
En fait
Il est parti
Il est parti chercher des cigarettes
D'puis sept
Heures et demie
Mais comment ai-je pu être aussi bête
Il m'jette
C'est bien fini

Il est parti chercher des cigarettes
En fait
Il est parti
A moins peut-être qu'une camionnette
Tout net
Me l'ait occis
C'qui tendrait à prouver qu'les cigarettes
Vous mettent
A l'agonie

Il est parti chercher des cigarettes
En fait

Il est parti
Il est parti chercher des cigarettes
D'puis sept
Heures et demie
Pour moi désormais finie la fumette
Plus d'cette
Saloperie

Amour pervers
Me susurre Henry Miller
Dans son TROPIQUE DU CANCER
Du Cancer
Baudelaire
Me donne ce soir la chair
De poulette littéraire
Dans mon rocking-chair

Apollinaire
En a aussi des sévères
Et des pas mûres dans ses vers
Dans ses vers
ONZE MILLE VER-
GES me sens à bout de nerfs
Agitée comme un shaker
Dans mon rocking-chair

Est-ce en Mystère
Vingt ou en hélicoptère
Que viendra Humbert Humbert
Humbert Humbert

Je m'f'rai légère
Comme du polyester
Basculée les jambes en l'air
Dans mon rocking-chair

Dans tes bras je crève
D'ennui et je rêve
D'autre chose d'évasion
Je n'sais ce qui cloche
Tout me semble moche
L'pire c'est que c'est sans raison
En quoi est-ce un crime
D'faire de la déprime
Et de broyer du charbon ?

Ça me rend malade
J'en prends pour mon grade
Plein la gueule pour pas un rond
Je sens que je craque
P't'être qu'une paire de claques
Me redonn'rait ma raison

En quoi est-ce un crime
D'faire de la déprime
Et de broyer du charbon ?
Et toi tu me dis que
Je suis comme un disque
Qui ne tournerait pas rond

Classée X
Excès d'sexe
Classée X
A l'index
Classée X
C'est l'intox
Classée X
Parce qu'ex-
Cessive
Lascive
Je fais l'amour
Avec X
Ou Y
Aucun X
Ne me vexe
Classée X
On m'annexe
Classée X
Parce qu'ex-
Cessive
Lascive

Si j'aime c'est qu'c'est
Sexy

Classée X
Excès d'sexe
Classée X
A l'index
Classée X
C'est l'intox
Classée X
Parce qu'ex-
Cessive
Lascive
Sur pellicule
On me fixe
En plein axe
En Tri-X
Au Pentax
Classée X
Très relax
Classée X
Parce qu'ex-
Cessive
Lascive
Si j'aime c'est qu'c'est
Sexy

Tout' cette gamme
De mots infâmes
Ces kilogrammes
De télégrammes

A qui le blâme
A moi cela me
Soûle et me came
Ces psychodrames

Toi qui rêves au velours des vierges
Aux satins innocents
Ces jeunes sirènes émergent
D'un océan de sang

Regarde-les s'approcher
Comme légions d'amazones
Venues braver les cyclones
Jeunes et brillants archers
Leur arc et leurs yeux bandés
S'aventurant dans des zones
Inexplorées

Toi qui rêves au velours des vierges
Aux satins innocents
Ces jeunes sirènes émergent
D'un océan de sang

Vois-tu là-bas leurs chevaux
Courir un vent de folie
La hargne de ces furies
Leur passant par les naseaux

Ils se jettent à l'assaut
Se ruant à l'agonie
Au grand galop

Toi qui rêves au velours des vierges
Aux satins innocents
Ces jeunes sirènes émergent
D'un océan de sang

Cohortes en rangs serrés
S'éloignent les filles d'Ève
A la sueur de ton glaive
Va-t'en compter les blessés
Là-bas l'un s'est relevé
Et te supplie dans ton rêve
De l'achever

Toi qui rêves au velours des vierges
Aux satins innocents
Tes romans-fleuves ont des berges
Aux sables émouvants

Je sais qu'l'amour physique est sans issue
j'le sais, mais si j'l'avais su
A temps je ne serais pas hélas
Au point où tu m'as connue

Je t'aime
Et toi-même
Dis-moi que tu m'aimes
Dis-le-moi si même
Cela n'est pas

Vrai des beaux gosses oui j'en ai connus
Qui m'traitaient de fille perdue
Quelque part je trouvais ça dégueulasse
Et toi qu'en penses-tu

Je t'aime
Et toi-même
Dis-moi que tu m'aimes
Dis-le-moi si même
Cela n'est pas

Vrai l'amour physique est sans issue
Tu le sais oui... Toi non plus
A dire vrai il y en a pas des masses
De belles histoires de cul

Je t'aime
Et toi-même
Dis-moi que tu m'aimes
Dis-le-moi si même
Cela n'est pas

Vrai je sais qu'l'amour physique est sans issue
J'le sais, mais si j'l'avais su
A temps je ne serais pas hélas
Au point où tu m'as connue

Je t'aime
Et toi-même
Dis-moi que tu m'aimes
Dis-le-moi si même
Cela n'est pas

Lost song
Dans la jungle
De nos amours éperdues
Notre émotion s'est perdue
Lost song
A la longue
Les mots semblent superflus
Entre le flux le reflux
Mensonges par omission
On se tait on s'est tu
On sait ce qu'il s'est su
On s'adore et puis l'on
Se déchire s'entretue
Dans mon sens entres-tu

Lost song dans la jungle
De nos amours éperdues
Notre émotion s'est perdue
Lost song
Toi tu jongles
Avec des mots inconnus
De moi, je n'ai pas assez lu

Dans tes yeux tes menson-
Ges, d'autres filles en vue
Je le savais je me suis tue
Les bagarres, arrêtons
Je suis on ne peut plus
Fragile le sais-tu

Lost song
Dans la jungle
De nos amours éperdues
Notre émotion s'est perdue
Lost song
Au majong
De l'amour je n'ai pas su
Sur toi avoir le dessus
Des erreurs, mettons
Je reconnais je me suis vue
A l'avance battue
C'est l'horreur mais ton
Arrogance me tue
Tu me dis vous après tu

Que vaut-il mieux être ou ne pas naître
Question réponse c'est pas net
Qu'y a-t-il après le non-être
Est-ce le néant quand tout s'arrête
Ou continue l'amour peut-être
Entre deux êtres

Avec cette difficulté d'être
Il m'aurait mieux valu peut-être
Ne jamais naître

Toi, toi qui me reçois sept sur sept
Tu vois pas
Que je ne suis pas
Bien dans ma tête

Que vaut-il mieux être ou ne pas naître
Question réponse c'est pas net
Qu'y a-t-il après le non-être
Est-ce le néant quand tout s'arrête
Ou continue l'amour peut-être
Entre deux êtres

Que vaut-il mieux être ou ne pas naître
Question réponse c'est pas net
Toi mon amour toi qui as des lettres
Préfères-tu Macbeth ou Hamlet
Je sais je sais j'ai bien fini
Par te connaître

Avec cette difficulté d'être
Il m'aurait mieux valu peut-être
Ne jamais naître

Toi, toi qui me reçois sept sur sept
Tu vois pas
Que je ne suis pas
Bien dans ma tête

Que vaut-il mieux être ou ne pas naître
Question réponse, c'est pas net
Qui y a-t-il après le non-être
Est-ce le néant quant tout s'arrête
Ou continue l'amour peut-être
Entre deux êtres

Si j'hésite si souvent entre le moi et le je
Si je balance entre l'émoi et le jeu
C'est que mon propre équilibre mental en est l'enjeu
J'ignore tout des règles de ce

Jeu cruel et tendre à la fois entre le moi le je
On se perd de vue tout est remis en jeu
Dans la froideur de la nuit je me demande où suis-je
Tu me prends je me laisse prendre au

Jeu de l'amour du hasard éprise de vertiges
Ayant conscience que c'est un jeu dange-
Reux tu abuses du je alors je cache mon jeu
Sans pour autant gagner sur toi moi

Si j'hésite si souvent entre le moi et le je
Si je balance entre l'émoi et le jeu
C'est que mon propre équilibre mental en est l'enjeu
J'ignore tout des règles de ce jeu

Jeu de l'amour du hasard éprise de vertiges
Ayant conscience que c'est un jeu dange-
Reux tu abuses du jeu alors je cache mon jeu
Sans pour autant gagner sur toi moi je

Une chose entre autres
Que tu n'sais pas
Tu as eu plus qu'un autre
L'meilleur de moi

Est-ce ta faute
Peut-être pas
Les parcours sans faute
N'existent pas

J'en ai vu d'autres
T'inquiète pour moi
J'me démerde
Avec c'que j'n'ai pas

J'suis passée à autre
Chose tu crois
Que j'allais revenir sur tes
Pas les miens les nôtres
Mais ça va pas
Dans ta tête tu te prends pour quoi

Oui j'en ai vu d'autres
T'inquiète pour moi
J'me démerde
Avec c'que j'n'ai pas

Une chose entre autres
J'étais à toi
Maint'nant j'suis à d'autres
Je n'te suis pas

L'amour de moi
S'y est enclose
Dedans un joli jardinet
Où croît la rose et le muguet
Et aussi fait la passerose

A la vie elle avait dit « pause »
C'est ainsi qu'elle s'en est allée
Je l'ai retrouvée au détour d'une allée
Où à jamais elle repose

Trois sentiments en moi s'opposent
Le chagrin en est le tout premier
En second viennent le remords et les regrets
Enfin l'amour dont elle dispose

J'aimerais lui dire tant de choses
Allongée près d'elle à ses côtés
Alors mes larmes seront perles de rosée
Pour arroser son laurier-rose

N'remue pas s'il te plaît
Le couteau dans le play
Plus de flash-back
Ni de come-back
Les larmes c'est en play-back complet

Je sais c'est moi qui ai
Tout fait oui j'étouffais
Et si j'en claque
Je m'en fous j'suis d'ac-
Cord pour ma gueule c'est bien fait

N'remue pas s'il te plaît
Le couteau dans le play
Ton humour black
J'en ai ma claque
Profondément tout ça m'déplaît

Arrête s'il te plaît
De jouer overplay
Ton blues en black

C'est de l'arnaque
Reconnais-le si tu es fair-play

N'remue pas s'il te plaît
Le couteau dans le play
Tu mets en vrac
Tout dans l'même sac
Les faux sentiments et les vrais

Tu n'sais pas si je sais
Qu'tu m'as prise à l'essai
L'amour au back-
Gammon au black-
Jack tu as gagné perdu vite fait

N'remue pas s'il te plaît
Le couteau dans le play
Plus de flash-back
Ni de come-back
Les larmes c'est en play-back complet

Je sais c'est moi qui ai
Tout fait oui j'étouffais
Et si j'en claque
Je m'en fous j'suis d'ac-
Cord pour ma gueule c'est bien fait

Tant pis si
C'est fini
Ou tant mieux
Si tu veux

II

Oh ma lady héroïne
Oh ma beauté ma divine
Referme sur moi tes ailes
Mon bel ange ma toute belle

Oh my lady héroïne
Ma liaison clandestine
En douceur mon sucre candi
Emmène-moi au paradis

Oh ma lady héroïne
Oh ma beauté ma divine
Toi mon amour platonique
Mon bébé ma fille unique

Oh ma lady héroïne
Aussi pure que Justine
Tous les malheurs de ta vertu
Et tous ses bonheurs me tuent

Oh my lady héroïne
Dans ta beauté je devine

Quand ton regard me transperce
Tous les charmes de la Perse

Oh my lady héroïne
Mon opium ma cocaïne
Es-tu venue d'Extrême-Orient
Ou bien d'un marché persan.

Si l'on jouait au jeu du cadavre exquis
Histoire d'nous passer un peu notre ennui
Tu écris un mot n'importe quoi
Et moi j'en écris un autre après toi
La petite mouche à merde
A mis les bouchées doubles
Y'a des coups d'pied qui s'perdent
Dans les roubles
Oui c'est ça le jeu du cadavre exquis
Nous allons y jouer toute la nuit
Emmanuelle aime les caresses
Buccales et manuelles
Remue un peu tes fesses
Me dit-elle
Moi j'préfère jouer au jeu du cadavre exquis
Que de l'enfiler toute la nuit
L'humour noir vient d'Afrique
Exemple Amin Dada
Je bande magnétique
Pour lui

J'aime les roses
J'aime les roses
J'aime les roses fanées
Les vieilles peaux
Les vieilles peaux
J'aime les vieilles paumées

Ceux qui boudent
Les vieux boudes
N'y connaissent rien
Aux rock d'enfer
Je préfère
Le fox-trot des années vingt

J'aime les vioques
Qui débloquent
J'aime les vieilles guenons
Ces vieilles chouettes
Ça sent chouette
L'after-shave lotion

Elles se piquent
Ces vieilles biques

D'avoir de beaux restes
Vieux fossiles
Leurs faux cils
Cachent des pensées un peu lestes

— Gigolo gigolo gigolo

J'ai connu
Ma co-détenue
Dans un petit bal au bord de l'eau
J'lui paye un coke
J'la fous en cloque

Bon j'étais bon
Pour l'amour prison

Ses caresses
Ses baisers sangsues
Très très vite j'en ai eu plein l'dos
Tout ça pour un coke
Et un slow-rock

Bon j'suis pas bon
Pour l'amour prison

Je lime
Je lime
En douce mon barreau
Quel crime

Quel crime
Ai-je commis messieurs du barreau
A perpète
A perte de vue
Devrais-je faire l'amour derrière les barreaux
De son paddock
J'en d'viens cinoque

J'ai pris la porte sans issue
J'me suis enfui par les lavabos
A moi les gogues
Les five o'clock et le slow-rock

Bon j'suis pas bon
Pour l'amour prison
Ah ça non

Emmanuelle aime les caresses buccales et manuelles
Emmanuelle aime les intellectuels et les manuels

Emmanuelle n'a pas appris à aimer dans les manuels
Emmanuelle a besoin de sa dose de « Je t'aime »
[annuelle

Emmanuelle aime les caresses buccales et manuelles
Emmanuelle aime les intellectuels et les manuels.

J'me suis fait faire trois millions de jocondes
Sur papier-cul
Et chaque matin j'emmerde son sou-
Rire ambigu

C'est doux c'est doux c'est doux
Doux doux doux

C'est ainsi que je me venge de tou-
Tes les nanas
Qui m'ont baisé avec leur sourire
D'Mona Lisa

Allez allez vous faire aimer ailleurs
Mes p'tites chéries
Je m'suis mis à la colle avec la sou-
Ris qui sourit

Adieu les filles j'm'en vais me consoler
Dans les V.C.
Avec la jolie poupée de Léo-
Nard de V.C.

C'est un yes man
Un quadruman
Homme havane
Homme banane
Un yes man
Un recordman
A la sarbacane

C'est un yes man
Erotomane
Homme havane
Homme banane
Un yes man
Jéroboam
Venu droit des savanes

C'est un yes man
Pas un mélomane
Homme havane
Homme banane
Un yes man

Qu'est pas Schumann
Plutôt carotte man

C'est un yes man
Une brute infâme
Homme havane
Homme banane
Un yes man
Qu'a un membre
Saxophone soprane

C'est un yes man
Mégalomane
Homme havane
Homme banane
Un yes man
Rien dans le crâne
Et tout dans les cannes

C'est un yes man
Jamais en panne
Homme havane
Homme banane
Un yes man
Qui a des fans
Pour son bel organe

Because les seins
Because les reins
Because l'amour
Because toujours
Because très belle
Because cocktail
Because au bar
Because dollars

Ces vamps et ces vampires
On peut pas rêver pire
Ces vamps et ces vampires
Ça te suce et t'expires

Because Gershwin
Because Berline
Because magique
Because musique
Because smoking
Because dancing
Because baiser
Because monnaie

Ces vamps et ces vampires
On peut pas rêver pire
Ces vamps et ces vampires
Ça te suce et t'expires

Because voiture
Because fourrure
Because bijoux
Because de tout
Because ça change
Because un ange
Because déchu
Because perdu

Ces vamps et ces vampires
On peut pas rêver pire
Ces vamps et ces vampires
Ça te suce et t'expires

Sea, sex and sun
Le soleil au zénith
Vingt ans dix-huit
Dix-sept ans à la limite
J'ressuscite
Sea, sex and sun
Toi petite
Tu es d'la dynamite

Sea, sex and sun
Le soleil au zénith
Me surexcitent
Tes p'tits seins de bakélite
Qui s'agitent
Sea, sex and sun
Toi petite
C'est sûr tu es un hit

Mister Iceberg a sur l'épaule Nord
Une petite aux boucles d'or
Et sur l'épaule Sud
Une grande solitude
Mister Iceberg hausse l'épaule Nord
Pour secouer la fille qui dort
Puis hausse l'épaule Sud
Comme à l'habitude

Mister Iceberg a sur l'épaule Nord
Une petite fille incolore
Et sur l'épaule Sud
Comme un interlude

Mister Iceberg hausse l'épaule Nord
Pour rayer son disque d'or
Et son épaule Sud
Esquisse un prélude

Mister Iceberg a sur l'épaule Nord
Une petite qui dit encore
Et sur l'épaule Sud

Un peu d'lassitude
Mister Iceberg hausse l'épaule Nord
Pour lui faire voir qu'il est mort
Puis hausse l'épaule Sud
C'est son attitude.

Mister Iceberg aime l'amour on the rocks
Mister Iceberg aime les petites filles en socks

Je suis un vieux rocker
Avec un souffle au cœur
J'ai une gueule à faire peur
Mais j'ai mes haut-le-cœur
L'dernier tango m'écœure
Ça rentr' comme dans du beurre
L'disco c'est des truqueurs
Et des marteaux piqueurs

P'têt' que j'suis déjà vioque
Bon pour l'électrochoc
Pas de ceux qui débloquent
Avec l'œil équivoque
Et un gourdin en roc
Pare-chocs contre pare-chocs
Car pour moi le slow-rock
C't un vrai lavement au bock

Moi quand le rock est né
J'pouvais déjà triquer
Et sur ce vieux Presley
J'crachais mon p'tit lait

Moi, Buddy Holly c'est
Des souv'nirs de lycée
J'suis pas débile, allez !
J'écoute Bill Haley...

Je suis vieux mais j'ai du bol
Car ma vie c'est le rock and roll !

Bébé Polaroïd
Lorsque je lui dis top
Chronomètre et puis stop
Bébé Polaroïd
Elle s'ouvre son ob-
Turateur et puis hop
Elle m'aime instantanément
Flou et puis net en un instant

Bébé Polaroïd
Elle se développe
Au grand angle et en scop
Bébé Polaroïd
Ell's'expose à son op-
Érateur elle stoppe
Arrêt image elle m'attend
Et prend des poses en souriant

Oh mon bébé
Polaroïd
Tu brûles tes cartouches à seize ans
Bébé Polaroïd

Lorsque je lui dis top
Chronomètre et puis stop
Bébé Polaroïd
Elle tombe en syncope
En kaléidoscope
Les yeux ouverts lorsqu'elle prend
Mes coups de flash à bout portant

Bébé Polaroïd
Elle se développe
Au grand angle et en scop
Bébé Polaroïd
Elle n'a qu'un seul ob-
Jectif elle se dope
A l'amour et aux sentiments
Ell'brûle ses cartouches à seize ans

Manu Manuréva
Où es-tu Manuréva
Bateau fantôme toi qui rêvas
Des îles et qui jamais n'arrivas
Là-bas

Où es-tu Manu Manuréva
Portée disparue Manuréva
Des jours et des jours tu dérivas
Mais jamais jamais tu n'arrivas
Là-bas

As-tu abordé les côtes de Jamaïca
Oh héroïque Manuréva
Es-tu sur les récifs de Santiago de Cuba
Où es-tu Manuréva
Dans les glaces de l'Alaska

As-tu aperçu les lumières de Nouméa
Oh héroïque Manuréva
Aurais-tu sombré au large de Bora Bora

Où es-tu Manuréva
Dans les glaces de l'Alaska

Où es-tu Manu Manuréva
Portée disparue Manuréva
Des jours et des jours tu dérivas
Mais jamais jamais tu n'arrivas
Là-bas

De Peggy Peggy Sue au King Creole
Je reste branché sur l'rock'n'roll
Mais Sid Vicious et ses Sex Pistols
C'est la new wave au vitriol
Moi j'ai mes idées mes idoles
Et les mêmes dégoûts
J'ai des goûts démodés
J'aime tout ce qui est démodé

Sur Baby Baby Lou et Baby Doll
J'ai usé mes disques d'rock'n'roll
J'dis O.K. aux p'tit's de l'école
Sans pour autant dire O.K. Caroll
Moi j'ai mes idylles mes idoles
Et les mêmes dégoûts
J'ai des goûts démodés
J'aime tout ce qui est démodé

Je pense queue
J'adore les cadors
Les petites chiennes en calor

J'les prends les petites bébêtes
Teckel chow-chow ou en levrette
Clébardes en collier
Bâtardes sans pedigree

Et j'finis toujours par leur donner
Mon nonosse à moelle à ronger

Je pense queue

J'ai mis au propre mes idées sales
Au propre et puis au figuré
Mon écriture horizontale
Avec tes plaintes et mes déliés
L'amour c'est beau lorsque c'est sale
On mérite un zéro pointé
Ma seule faute capitale
C'est de n'en avoir pas fait assez

J'ai mis au propre mes idées sales
Au propre et puis au figuré
J'écris la peine en capitales
Et le chagrin et la pitié
J'n'ai vu d'l'amour que l'idéal
Les autres lettres m'ont échappé
L'amour n'a pas besoin d'initiales
Il n'a besoin que d'initiés

Epsilon epsilon

Des quantités positives
Plans d'enfer zéro
Tes entités affectives
Égalent zéro

D'humeur plutôt dépressive
Moral à zéro
Une ultime tentative
Degré zéro

Aucune autre alternative
Qu'un double zéro
Cette nuit quoi qu'il arrive
Pour moi zéro

J'aime les initiatives
Hélas mon héros
Ne veut pas je le prive
De son héro

En tête de ta caravane
In cha'Allah sur ton âne
Tu vas vendre les jerricanes
Que transportent tes autres ânes

Dessous ton turban il émane
La chaleur de pensées profanes
Comme des juments alezanes
Tu chevauches tes sultanes

En tête de ta caravane
In cha'Allah sur ton âne
Tu te vois déjà polygame
Quinze ânesses pour un âne

Marine band trémolo

Un navire battant pavillon anglais
Est en train de couler de prendre l'eau
Flegmatique l'orchestre continue de jouer
Les cuivres ont déjà les pieds dans l'eau

Sur la passerelle qu'il n'a pas quittée
Le capitaine salue le drapeau
Son âme est sombre et ses yeux noyés
La mer il sait sera son tombeau

Par centaines on compte les naufragés
Femmes et enfants dans les canots
De gloire le bateau s'est enivré
La mer à boire ce n'est pas de l'eau

A la surface ne sont restés
Que deux clarinettes et le piano

Mâle au féminin
Légèrement fêlé
Un peu trop félin
Tu sais que tu es

Beau oui comme Bowie

Un peu d'Oscar Wilde
Un peu Dorian Gray
Quelques lueurs froides
Et un air glacé

Beau oui comme Bowie

Entre le physique
Et le figuré
C'est comme la musique
Suffit d'balancer

Beau oui comme Bowie

Tout ce que tu as
C'est tout ce que je hais

Bien trop sûr de toi
Tu sais que tu es

Beau oui comme Bowie

Eh dis donc David fils de pute
Qu'est c'que tu fais sur ma Harley
Si tu veux pas que j'te bute
Faudrait m'la rendre et vite fait

En plus quand tu as fumé du jute
Tu sais plus très bien c'que tu fais
Ça y'est tu as l'gourdin t'es en rut
Ses vibrations te font d'l'effet

Qu'est c'tu décides tu vas aux putes
Ou alors tu vas voir les gays
Eh dis donc David fils de pute
Qu'est c'que tu fais sur ma Harley

Tu aurais dû prévenir ta chute
Tu es mort sur le coup c'est bien fait
Harley David son of a bitch
Harley David son of a bitch

III

TEXTE FOR REGGAE PARTY

Lola rastaquouère rasta

Comment oses-tu me parler d'amour toi hein
Toi qui n'as pas connu Lola Rastaquouère
Je lui faisais le plein comme au Latécoère
Qui décolle en vibrant vers les cieux africains

Elle avait de ces yeux un vrai chat abyssin
Et ses seins deux sphères
Entre lesquelles j'abandonnais deux mois de salaire
Pour y rouler mon pauvre joint

Quand dans son sexe cyclopéen
J'enfonçais mon pieu tel l'Ulysse d'Homère
Je l'avais raide plutôt amère
C'est moi grands dieux qui n'y voyais plus rien

Dans la moiteur torride de sa croupe d'airain
On pouvait voir éclore des renoncules par-derrière
Et par-devant un conifère
Me rappelait un air jamaïcain

J'ai des locataires
J'ai des chambres à la journée
P'tit déjeuner
Café au lait
Service compris
Et taxes en sus
J'ai des puces

J'ai des locataires
Ventilateur au plafond
Cosy corner
Mat'las crevé
Et dessus de
Lit en pilou
J'ai des poux

J'ai des locataires
Radio avec parasites
Pour la télé
En noir et blanc
Deux pièces de cent

Sous dans la fente
J'ai des lentes

J'ai des locataires
Des lavabos ébréchés
Pas très nickel
Eau chaude eau froide
Pas d'savon aux
Bidet bain douche
J'ai des mouches

J'ai des locataires
Sur le plan des sanitaires
Baignoire commune
Au rez-d'-chaussée
Sac disposable
Pour celle qui saigne
J'ai des teignes

J'ai des locataires
Vécés au fond du couloir
Linoléum
Un peu dégueu
Trou à la turque
Papier journal
J'ai la gale

A la brigade des stups
J'suis tombé sur des cops
Ils ont cherché mon spliff
Ils ont trouvé mon paf

A la brigade des stups
Y'a un ancien mataf
Qu'est complètement louf
Toujours à moitié paf

A la brigade des stups
Idée fixe la chnouf
J'ai les moules je flippe
C'est pas mon genre de trip

A la brigade des stups
C'qu'ils voulaient c'est un scoop
V'là que l'ancien mataf
M'demande un autographe

A la brigade des stups
J'leur dis j'fume que les Troupes
Je suis la Betty Boop
Du cinématographe

Le Klan le Klan la cagoule
Autour de nous le sang coule
A la morgue il y a foule
RELAX BABY BE COOL

Le Klan le Klan la cagoule
Tout le monde il est maboul
Tous les cons sont faits au moule
RELAX BABY BE COOL

Le Klan le Klan la cagoule
Ne t'en fais donc pas ma poule
Pas de quoi avoir les moules
RELAX BABY BE COOL

Le Klan le Klan la cagoule
bientôt désertée la boule
Comme le crâne de Yul
Brynner
RELAX BABY BE COOL

Oh Daisy Temple

Tu aimes les boubous
Tu aimes ta nounou
Tu aimes les cachous
Et les noix de cajou

Tu aimes les boubous
Tu aimes les gourous
Les rastas les papous
Wathusis et zoulous

Tu aimes les boubous
Tu aimes les tatous
Tu as tous les atouts
Et tu es prête à tout

Ma petite quéquette
Sort de ma braguette
Je pisse et je pète
En montant chez Kate
Moralité
Eau et gaz à tous les étages

Cette fois je crois que nous sommes
complètement ça y est
Mais c'est une question
que c'est absolument ça n'fait rien
Parc' que se ronger les sangs
ça s'rait tout à fait y'a pas d'quoi
Alors moi je sens que j'frai
Pas long feu pas long feu
Pas long feu ici

Quand la vie semble inévitablement c'est foutu
On s'dit qu'il vaudrait mieux être
tout à fait c'est pas ça
Et malgré tout on reste
totalement on fait comme on a dit
Mais moi j'frai
Pas long feu pas long feu
Pas long feu ici

Se flinguer y aurait plus question
de r'mettez nous ça patron
Mais dans ma tête j'suis

véritablement j'en peux plus
Et j'me sens vaguement
où va-t-on nous Alors j'frai
Pas long feu pas long feu
Pas long feu ici
Pas long feu pas long feu
Pas long feu dans cett' chienn' de vie
Pas long feu

Allons enfants de la patrie
Le jour de gloire est arrivé
Contre nous de la tyrannie
L'étendard sanglant est levé

AUX ARMES ET CÆTERA

Entendez-vous dans les campagnes
Mugir ces féroces soldats
Ils viennent jusque dans nos bras
Égorger nos fils nos compagnes

AUX ARMES ET CÆTERA

Amour sacré de la patrie
Conduis soutiens nos bras vengeurs
Liberté liberté chérie
Combats avec tes défenseurs

AUX ARMES ET CÆTERA

Nous entrerons dans la carrière
Quand nos aînés n'y seront plus

Nous y trouverons leur poussière
Et la trace de leurs vertus

AUX ARMES ET CÆTERA

L'homme a créé des dieux l'inverse tu rigoles
Croire c'est aussi fumeux que la ganja
Tire sur ton joint pauvre rasta
Et inhale tes paraboles

Là-bas en Éthiopie est une sombre idole
Haïlé Sélassié négus roi des rois
Descendant de Moïse à ce qu'en croient
Certains quant à moi je les crois sur parole

Des esclaves le protègent sous de noirs parasols
Du ciel blanc d'Addis-Abeba.
A ses pieds un lionceau emblême de Juda
Symbole

Dans son lointain palais le négus s'isole
Prisonnier après un nouveau coup d'État
Peut-être passé par les armes va savoir qui ou quoi
Demande donc à la C.I.A. ou Interpol

Et si Dieu était juif ça t'inquiéterait petite
Sais-tu que le Nazaréen
N'avait rien d'un Aryen
Et s'il est fils de Dieu comme vous dites
Alors

Dieu est juif
Juif et dieu

Le Capital tu as lu de l'Israélite
Karl Marx un beau bouquin
Et le trio bolchevik la troïka des purs eh bien
Tous trois de race sémite
Je te le prouverai tout à l'heure

Grigori Ievseïevitch Apfelbaum dit Zinoviev
Lev Borissovitch Rosenfeld dit Kamenev
Lev Davidovitch Bronstein dit Trotski
Voici le temps de l'antéchrist
La bombe à neutrons hein

Petite fille de papa Einstein
Encore un juif si tu vois ce que je veux dire petite

Dieu est juif
Juif et dieu

Toi moi donner cuvette
Tabac savonnette
Miroir et papier cul
Toi mourir
Toi moi donner chapeau
Peigne en coroso
Médaille petit Jésus
Toi mourir
Toi moi donner réveil
Torchon nid d'abeilles
Et caleçons fendus
Toi mourir
Toi moi donner très chic
Rasoir mécanique
Et collier de prisu
Toi mourir
Toi moi donner canif
Et préservatifs
Mais moi pas roi Ubu
Toi mourir
Toi moi donner parole
Que rhum agricole

Y'a bon bwana j'ai bu
Toi mourir
Toi pas donner fusils
Toi voir paradis
Moi ordonner tribu
Toi mourir

J'avoue
J'en ai
Bavé
Pas vous
Love
Avant
D'avoir
Eu vent
De vous
Love

A votre
Avis
Qu'avons-
Nous vu
Love
De vous
A moi
Vous m'a-
Vez eu
Love

Hélas
Avril
En vain
Me voue
Love
J'avais
Envie
De voir
En vous
Love

La vie
Ne vaut
D'être
Vécue
Love
Mais c'est
Vous qui
L'avez
Voulu
Love

J'avoue
J'en ai
Bavé
Pas vous
Love
Avant
D'avoir
Eu vent
De vous
Love

A votre
Avis
Qu'avons-
Nous vu
Love
De vous
A moi
Vous m'a-
Vez eu
Love

Hélas
Avril
En vain
Me voue
Love
J'avais
Envie
De voir
En vous
Love

La vie
Ne vaut
D'être
Vécue
Love
Mais c'est
Vous qui
L'avez
Voulu
Love

Navré
D'avoir
Ouvert
Mes veines
Love
Pour
Une vraie
Sava
Lavo
Paveu
Love

Qu'est-ce qui t'a pris bordel de casser la cabane
De ce panoupanou puis sortir ton canif
Ouvrir le bide au primitif
Qui débarquait de sa savane

Qu'est-ce qui t'a fait prendre cette fille diaphane
Contre son gré et sous ses griffes
Des regrets tu réponds négatif
Mieux encore tu ricanes

Qu'est-ce qui te prend au sucre de canne
De te klaxonner la gueule sombrer sur les récifs
De ta mémoire et revoir ton passif
En respirant la colophane

La nostalgie camarade

Il s'en passe des choses sous ton crâne
Rasé c'est plein de tristesse et de kif
Tu te vois encore en tenue léopard bourrée d'explosifs
Sauter de ton aéroplane

IV

FEMMES

Je vous salue Marie pleine de grâce
Le Seigneur est avec vous
Vous êtes bénie entre toutes les femmes
Et Jésus le fruit de vos entrailles est béni

Sainte Marie mère de Dieu
Priez pour nous pauvres pécheurs

Priez pour nous pauvres pécheurs
Maintenant et à tout à l'heure

Prendre les hommes pour ce qu'ils sont pas
Et les laisser pour ce qu'ils sont

A l'autopsie il paraîtrait que c'est
Le cœur qui lâche de désir en excès

En amour il y en a toujours un qui souffre
Et l'autre qui s'ennuie comme dit Balzac

Amour hélas ne prend jamais qu'un seul M
Faute de frappe on écrit haine pour aime

Dépression au-dessus du jardin
Ton expression est au chagrin
Tu as lâché ma main
Comme si de rien
N'était de l'été c'est la fin
Les fleurs ont perdu leurs parfums
Qu'emporte un à un
Le temps assassin

Dépression au-dessus du jardin
J'ai l'impression que c'est la fin
Je te sens soudain
Tellement lointain
Tu t'es égaré en chemin
Tu essayes de me faire croire en vain
Que l'amour revien-
Dra l'été prochain

Monna Vanna est une movie star
Qui vit sur le Sunset Boulevard
La nuit toute nue sous son pékan
Elle se déguise en Miss Duncan

— Hey Monna Vanna
— Non je ne suis pas Monna Vanna
Mon nom est Duncan, Miss Duncan

Monna Vanna est dans le star-systèm
Mais ce qu'elle aime
Les bars américains où l'air est suffoquant
Et le danger imminent

— Hey Monna Vanna
— Non je ne suis pas Monna Vanna
Mon nom est Duncan, Miss Duncan

Monna Vanna a aimé un soir
Un Portoricain avec rasoir
De la gorge se sont vidées de leur sang
Monna Vanna et Miss Duncan

— Hey Monna Vanna
— Non je ne suis pas Monna Vanna
Mon nom est Duncan, Miss Duncan

Souviens-toi de m'oublier
— J'vais y penser
— Réfléchis comme un miroir
— J'vais voir
— Souviens-toi de m'oublier
— J'vais essayer
— L'amnésie a le pouvoir
D'la magie noire
Souviens-toi de m'oublier
Et quand j'pleurerai
— Fais un nœud à ton mouchoir
Pour ta mémoire
Souviens-toi de m'oublier
— J'vais y penser
— Les flash-back c'est comme voir
Des films noirs
Souviens-toi de m'oublier
— Ouais j'vais y penser
— Réfléchis comme un miroir
— J'vais voir
— Souviens-toi de m'oublier
— J'vais essayer
— Tu sais bien qu'il va falloir
Ne plus nous voir
Mais souviens-toi

What tu dis qu'est-ce tu say
On s'comprenait yesterday
What tu dis qu'est-ce que tu say

What I want qu'est-ce t'en sais
On s'comprenait but today
What I want qu'est-ce que t'en sais

Tu es black tu es cool
Tu es flaque et je coule
J'te sens toi trop sweet and love

What tu cherches qu'est-ce tu do
Je n't'understand plus du tout
What tu cherches qu'est-ce que tu do

Je n'sais what what tu do
Quand tu files tout doux tout doux
J'm'dis what what can I do

Tu es black tu es cool
Tu es flaque et je coule
J'te sens toi trop sweet and love

What tu dis qu'est-ce tu say
On s'comprenait yesterday
What tu dis qu'est-ce que tu say

Tu es dans l'mood j'n'y suis pas
Hollywood ça n'est plus ça
Tu es dans l'mood j' n'te suis pas

Tu es black tu es cool
Tu es flaque et je coule
J'te sens trop trop sweet and love

Alice Alice hélas
Est seule chaque nuit
Avec ses fantasmes
Ses idées fixes et ses insomnies

Alice Alice hélas
Au cœur de l'ennui
Est sans enthousiasme
Après le treizième coup de minuit

Alice Alice hélas
Est seule chaque nuit
Avec ses fantasmes
Ses idées fixes et ses insomnies

Alice Alice hélas
N'a que des envies
De fièvre et de spasmes
De Congolais et de Wathusis

Amour année zéro
C'est l'amour année zéro
Effacer de ta mémoire
Tous les numéros
Téléphones, adresses, histoires,
Remettre à zéro
Le compteur que par malheur
Chacun a au cœur

Amour année zéro
C'est l'amour année zéro
Le passé est dérisoire
Tourne-lui le dos
Le futur est illusoire
N'y compte pas trop
Ne compte que le présent
Où l'amour t'attend

Ainsi tout peut recommencer
La vie
Qui s'était retirée
La nuit

Par la danse agitée
De musique
A nouveau bercée

Maudits soient les bonheurs passés
Oublie
Tout ce qui s'est passé
Jolie
Tu l'es toujours restée
Au physique
Et au figuré

Dans tes silences se dessinent
Des Africaines abyssines
Dans tes mutismes, ton délire
Va de l'Angola au Zaïre
Bambou, voyage par la pensée
Elle est près de moi mais m'a déjà quitté
Tous les silences de Bambou
Hurlent dans ma tête et me rendent fou

Dans tes yeux absents se dévoilent
Des fièvres aux moiteurs tropicales
Quand tes pupilles se dilatent
L'eau trouble des étangs s'y miroite
La saison des pluies est passée
Bambou ne pleure plus, elle s'est vite consolée
Tous les silences de Bambou
Hurlent dans ma tête et me rendent fou

Tu es désert
Et jungle
Forêt de
Et coups de Bambou

Dans tes silences se dessinent
Des Africaines abyssines
Dans tes commotions cérébrales
Je vois l'Afrique équatoriale

J'ai comme un
Malaise en Malaisie
C'est commun
Comme si
La fièvre m'avait saisi
Tu m'as dit
Je vous aime allez-y
Étranger je suis
Mal à l'aise en Asie
Je t'aime et j'ai comme
Un malaise en Malaisie

Éperdu, je suis perdu
En pays inconnu
Lentement je progresse
La malaria me tue
Mon amour d'où viens-tu
La Malaisie où est-ce
Le napalm coule dans tes veines
Ma jolie petite Eurasienne
Petite fleur carnivore
Tu me tiens, tu me dévores

Et ton parfum m'enivre
Je me sens au bout du voyage
Voici les marécages
Je n'ai plus ni eau ni vivres
Je me suis avancé trop près de toi
Trop loin pour revenir sur mes pas

Tu fais la moue, tu souris
Tu as tes moods
Tu as tes heures
Tu fais l'amour et tu cries
Trois secondes après tu pleures
Tu es imprévisible
Je ne sais
Comment te saisir
Comment faire pour accéder
A tous tes désirs

Oh jolie laide, laide jolie
Souvent mignonne, vilaine aussi
Tu es le jour, tu es la nuit
Tu t'allumes, tu t'éteins au gré de ta fantaisie

Oh jolie laide, laide jolie
Parfois charmante, odieuse aussi
Tu es le jour, tu es la nuit
Tu t'allumes et tu t'éteins au gré de ta fantaisie

Tu vois tout en rose et gris
Tu es pile et tu es face

Que tu sois amère ou aigrie
D'un sourire tout s'efface
Tu sautes à pieds joints dans toutes tes sautes [d'humeur
Du rouge en rose bonbon, tu changes de couleur

Oh Jet Society
C'est ainsi que je t'appelle
Ma Jet Society
Tes réactions sont si belles

Oh Jet Society
L'amour te donne des ailes
Sous tes boucles platine auréoles
Droit au paradis tu t'envoles

Toi ma petite Jet Society
Tu as la classe et je t'aime douce et naturelle
Jet Society, Jet Society
Première de la classe, même tu n's'rais pas plus belle
Jet Society, Jet Society
On est tous deux sur la même longueur d'onde et toi
Toi ma petite Jet Society
Tu ne te poses qu'un problème, c'est l'amour et moi

Oh Jet Society
Sais-tu pourquoi je t'appelle
Ma Jet Society

C'est que les anges ont des ailes
Oh Jet Society
Si jolie presque irréelle
Tu es comme un mirage, tu décolles
Au-dessus des nuages de l'école

Toi ma petite Jet Society
Tu as la classe et je t'aime douce et naturelle
Jet Society
Sans poudre, sans rouge, même tu es la plus belle
Toi ma petite Jet Society
Ton alliage brille au soleil
Et tu ne crains pas
Jet Society, Jet Society
Dans le plus simple appareil voler dans mes bras

M'évader d'ici
Et voir d'autres pays
M'enfuir loin d'ici
Vers d'autres paradis

Un jour se dire GO
Tout là-bas au Congo
Go ready, steady, go
Tam-tams et bongos

J'me vois chasseur d'ivoire
Juste histoire d'y voir
Plus clair dans mes pensées
Couleur d'ébène
Chasser mes troubles, chasser mes peines
Chasseur, chasseur d'ivoire
Juste histoire d'y voir
A la place des filles féroces
L'éléphant et le rhinocéros
Marchand de rêves m'évader
Comme un trafiquant d'armes
Voir ma pirogue chavirer
Sur tes torrents de larmes

J'me vois chasseur d'ivoire
Juste histoire d'y voir
Plus clair dans mes pensées
Couleur d'ébène
Chasser mes troubles, chasser mes peines
Chasseur d'ivoire, chasseur d'ivoire
Juste histoire d'y voir
A la place de celle qui ment
Le serpent minute, le caïman

A la place des filles en cage
La panthère noire et le chat sauvage

Boum, Boum Baby Boum
Jette un œil autour de toi
Veux-tu Baby Boum
Et dis-moi ce que tu vois
Hors de tes boums

Boum, Boum Baby Boum
Toi qui ne penses qu'à ça
Sais-tu Baby Boum
Que dans la vie y'a pas que la
Danse et les boums

Boum, Boum Baby Boum
Le rock est un hors-la-loi
Il tue Baby Boum
Le temps, mais le vrai n'est pas
Que dans les surboums

Boum, Boum Baby Boum
La vie un jour te jouera
Vois-tu Baby Boum
Le tour que tu n'attends pas
Alors là, Boum !

J'viendrai tout briser
Dans ta maison de poupée
Oui j'viendrai tout briser
Si tu n'me donnes pas la clef
La clef de tes fantasmes
La clef de tes enthousiasmes
Tu crois te jouer de moi
C'est moi qui joue avec toi

Je viendrai tout casser
Dans ta maison de poupée
Oui j'viendrai tout casser
Si tu n'me donnes pas la clef
L'infiniment petit
C'est un jeu pour moi interdit
Tu joues avec le feu
Tu joues un jeu dangereux

Maison de poupée
Poupée précieuse fragile
Maison de poupée
Coupée

D'un monde trop hostile
Maison de poupée
Poupée de chair et d'argile
Maison de poupée
Poupée cruelle indocile

J'viendrai t'réveiller
Dans ta maison de poupée
De tes rêves dorés
J'détiens le passe
J'possède la clef
Tu te crois la plus forte
Mais ton cœur bat à l'aorte
Tu es de porcelaine
Et c'est pour ça que je t'aime

La fautive c'est toi
Si t'es dans c'merdier
C'est de ta faute à toi

La fautive c'est toi
Le mal que tu m'as fait
Tu vas payer pour ça

La fautive c'est toi
Aujourd'hui tu chiales
Mais ne t'en prends qu'à toi

La fautive c'est toi
Tu m'as possédé
Tu n'm'auras pas deux fois

La fautive c'est toi
J'te promets ma p'tite
Qu'tu t'en mordras les doigts

La fautive c'est toi
Fallait pas parler d'amour
Et cætera

Lorsque je rétrospective
Mes amours passées
Des larmes rétroactives
Viennent m'aveugler

Je suis bien trop émotive
Faut pas trop que j'rétrovise
Les souvenirs c'est trop rétro
Et trop c'est trop

Comme la Métro Goldwin
Je m'fais du ciné
J'vois défiler trop d'bobines
En projection privée

Je vais d'Saint-Tropez aux rives
De Tahiti trop exotique
Les souvenirs c'est trop rétro
Et trop c'est trop

Finies les rétrospectives
Ciao à mon passé

J'ai pris la prérogative
De tout effacer

Je suis bien trop émotive
Faut pas trop que j'rétrovise
Les souvenirs c'est trop rétro
Et trop c'est trop

Jacky était mon pote
J'croyais toucher l'jack-pot
Question de pot
Mais manque de pot
J'avais pour lui le tic tac toe

J'refilais à mon pote
L'total de mes bank-notes
Toutes les liasses
Venues des passes
A faire et refaire le tic tac toe

Sa tactique
C'était l'claque
Et son tic
Les claques
Un pauv'mec mais un mac
Que ce maudit Jack

Jacky était mon pote
J'croyais toucher l'jack-pot
J'avais le cœur dans un étau
Qui faisait tac tic tac et toe

J'refilais à mon pote
L'total de mes bank-notes
Toutes les liasses
Venues des passes
A faire et refaire le tic tac toe

Sa tactique
C'était l'claque
Et son tic
Les claques
Un pauv'mec mais un mac
Que ce maudit Jack

Ce soir j'surprends mon pote
Tout nu sous son trenchcoat
Mais pas tout seul
J'entends qu'ça gueule
Et l'matelas qui fait tic tac toe

Jacky Jacky mon pote
Tu as gagné l'jack-pot
J'prends aussitôt
Son rigolo
J'ai tiré sur lui tic tac toe !

Mesdames mesdemoiselles mes yeux
Ont pleuré pour de beaux messieurs
Trop excessive trop possessive
Bien trop lascive et trop naïve
Trop agressive trop émotive
Trop sensitive et trop captive

Mesdames mesdemoiselles mes yeux
Ont pleuré pour de beaux messieurs
Jamais passive végétative
Trop impulsive trop offensive
Trop affective démonstrative
Trop intensive et destructive

Mesdames mesdemoiselles mes yeux
Ont pleuré pour de beaux messieurs
Trop explosive trop convulsive
Trop corrosive trop exclusive
Trop incisive trop objective
Trop intuitive et détective

Mesdames mesdemoiselles mes yeux
Ont pleuré pour de beaux messieurs

Je dis merde à l'amour
Qui m'a joué tant d'mauvais tours
Ceux qui perdent toujours
Comprennent le contre et le pour
Merde l'amour et assez l'paradis
Puisque l'enfer est l'envers de l'amour

Je dis merde à l'amour
A ses baisers de velours
Ceux qui perdent toujours
Comprennent le contre et le pour
Merde à l'amour et à ses mélodies
Qui gueulent gueulent dans les chansons d'amour

Je dis merde à l'amour
A tous ses bonheurs d'un jour
Ceux qui perdent toujours
Comprennent le contre et le pour

J't'ai pris entre autre pas en traître
J'ai eu tort peut-être
En fait j't'ai pris pour un autre
C'est bête
Entre nous deux j'ai vu naître
Des moments sulfureux
Il est trop tard pour s'remettre
Dans le jeu
Dis-moi tu voulais quoi au juste
Je n't'ai jamais menti, injuste

J't'ai pris entre autre pas en traître
J'ai eu tort peut-être
J'étais ta p'tite chose cadette
Pas un cadeau
J'devine à ta silhouette
Qu'ça va pas ça va pas
Tu en fais un peu trop arrête
J'marche pas
Dis-moi tu voulais quoi au juste
Je n't'ai jamais menti, injuste

Toutes les syllabes muettes
Valent mieux que les mots
Toi tu sais pas moi j'achète
J'trouve ça beau
Tu m'dis être ou ne pas être
Tu attises la question
Ça n'prouv' jamais qu'tu as des lettres
Qu't'es pas con

Je te sens à l'intérieur
Et pourtant je te sens ailleurs
Tu es si proche de moi
Mais je sais que l'cœur n'y est pas
Tu me dis que je t'aime
Mais toi tu n'y crois pas

Nous n'parlons pas la mêm'langue
Nos regards nos baisers profonds
Comme une barque qui tangue
C'est quoi en surface quoi au fond
Tu me dis que je t'aime
Mais toi tu n'y crois pas

Je sens mon mal intérieur
Ce s'rait pas mal d'aller voir ailleurs
Voir ailleurs si tu y es
Plus présent qu'à mes côtés
Tu me dis que je t'aime
Mais toi tu n'y crois pas

Je te sens à l'intérieur
Et pourtant je te sens ailleurs

Tu es si proche de moi
Mais je sais que l'cœur n'y est pas
Tu me dis que je t'aime
Mais toi tu n'y crois pas

Sous le soleil évanoui
Je m'en vais un point c'est tout
Si ça te rend dingue va chez les fous
Rejoindre toutes tes petites amies

N'en fais pas une maladie
C'est rien je m'en vais c'est tout
Tu trouveras tous les tranquillise-tout
Dans la boîte à pharmacie

Dis-moi quelque chose d'inédit
Toi l'gros malin qui sait tout
Dis-moi l'amour fou ça s'achète où
Dans quel prisu à quel prix

Des accords des harmonies
Des désaccords ou des goûts
Et des couleurs de l'envie au dégoût
C'est une question de rêverie

Au poker menteur d'ma vie
Il te restait plus qu'un atout

A part le cœur tu m'as touchée partout
Du zéro à l'infini

Tu étais mon sucre candi
Et moi ton petit cachou
Amour et humour ça se cache où
Je fais un sort à l'ironie

Où sont les clés de la Mini
Tu les a planquées mais où
Oh et puis merde après tout j'm'en fous
J'irai à ton autopsie

Fuir le bonheur de peur qu'il ne se sauve
Que le ciel azuré ne vire au mauve
Penser ou passer à autre chose
Vaudrait mieux
Fuir le bonheur de peur qu'il ne se sauve
Se dire qu'il y a over the rainbow
Toujours plus haut le ciel above
Radieux
Croire aux cieux croire aux dieux
Même quand tout nous semble odieux
Que notre cœur est mis à sang et à feu

Fuir le bonheur de peur qu'il ne se sauve
Comme une petite souris dans un coin d'alcôve
Apercevoir le bout de sa queue rose
Ses yeux fiévreux
Fuir le bonheur de peur qu'il ne se sauve
Se dire qu'il y a over the rainbow
Toujours plus haut le soleil above
Radieux
Croire aux cieux croire aux dieux
Même quand tout nous semble odieux
Que notre cœur est mis à sang et à feu

Fuir le bonheur de peur qu'il ne se sauve
Avoir parfois envie de crier sauve
Qui peut savoir jusqu'au fond des choses
Est malheureux
Fuir le bonheur de peur qu'il ne se sauve
Se dire qu'il y a over the rainbow
Toujours plus haut le soleil above
Radieux
Croire aux cieux croire aux dieux
Même quand tout nous semble odieux
Que notre cœur est mis à sang et à feu

Fuir le bonheur de peur qu'il ne se sauve
Dis-moi que tu m'aimes encore si tu l'oses
J'aimerais que tu trouves autre chose
De mieux
Fuir le bonheur de peur qu'il ne se sauve
Se dire qu'il y a over the rainbow
Toujours plus haut le soleil above
Radieux

Quand la petite lampe rouge de l'amour s'allume
C'est que la partie est perdue
Lorsqu'elle clignote qu'elle se consume
C'est que c'est vraiment foutu
Tu es parti
Partie perdue

Souviens-toi l'autre soir sur la dune
Nous étions tous deux tout nus
Toi tu as plongé dans la lagune
Je ne t'ai plus jamais revu
Tu es parti
Partie perdue

Nos amours brisées ont fait la une
Je les ai lues et relues
Les pleurs sont des vagues sans écume
Qui ne font que troubler la vue
Tu es parti
Partie perdue

Amour hélas ne prend qu'un M
Faute de frappe c'est haine pour aime
H.A.I.N.
Sur I.B.M.
A.I.M.E.
Moi si tu veux

La même encre coulait dans nos veines
Était-ce Chine ou terre de Sienne
Noire indigène
Aborigène
Encre de feu
Violette ou bleue

Tu m'as balancée aux murènes
Jetée de la roche Tarpéienne
Comme une sirène
De polystyrène
Pour toi moi je
N'étais qu'un jeu

Je ne suis qu'une petite plébéienne
Toi au-dessus de la moyenne

La Criminelle
Ou la Mondaine
Je ne suis rien de
Plus à tes yeux

Con c'est con ces conséquences
C'est con qu'on se quitte
Faut se rendre à l'évidence
Ce soir on est quitte
Histoire d'Que de Qu'on de Q
Par avance c'est fou-

Tu c'est con ces conséquences
Hélas on sait vite
Qu'on n'est plus de connivence
On ment on s'évite
Histoire d'Que de Qu'on de Q
Par avance c'est fou-

Tu c'est con ces conséquences
L'amour prend la fuite
Pas besoin d'intelligence
Service pour la suite
Histoire d'Que de Qu'on de Q
Par avance c'est fou-

Tu c'est con ces conséquences
C'est con qu'on se quitte

Les anges de toute évidence
Sont hermaphrodites
Histoire d'Que de Qu'on de Q
Par avance c'est fou-

Tu c'est con ces conséquences
Sur accord tacite
Signons notre indépendance
Accord illicite
Histoire d'Que de Qu'on de Q
Par avance c'est fou-

Tu c'est con ces conséquences
C'est con qu'on se quitte
J'entends hurler le silence
Mon cœur qui palpite

Les flash-back sur nos bonheurs passés
Mieux vaut en rire de peur d'être obligée
D'en pleurer

Plans séquences que l'on trouve over-played
Ralentis qu'on aimerait voir en a-
Ccéléré

Que de scènes n'avons-nous pas jouées
Mieux vaut en rire de peur d'être obligée
D'en pleurer

Une vibration au bout d'un doigté
Deux guitares qui ne se sont jamais
Accordées

Les flash-back sur nos bonheurs passés
Mieux vaut en rire de peur d'être obligée
D'en pleurer

Une rupture comme celle d'un collier
De culture qui brille moins que le faux
C'est le vrai

Blanc et noir et l'on reste muet
Les revoir il y a vraiment de quoi
En crever

Sur le miroir au rouge à lèvres
Elle m'a laissé un mot d'adieu
« Pardonne-moi petite Jane
Je m'en vais je veux refaire ma vie »
La glace embuée de fièvre
Reflétait mon air malheureux
J'ai pensé m'ouvrir les veines
Puis j'ai réfléchi

Sa taille était d'un orfèvre
Comme un petit bijou précieux
C'était le plus beau spécimen
De gamine que j'ai vu de ma vie
Aussi fragile qu'un Sèvres
Tout l'azur était dans ses yeux
Une peau de porcelaine
Venue d'Asie

Nous étions comme Adam et Ève
Lorsqu'ils étaient encore aux cieux
Toutes nues dans notre Éden
Elle et moi un vrai Paradis

Hélas pour moi si j'en crève
Elle ne supportait plus d'être à deux
Elle était comme les phalènes
S'envolait la nuit

Sur le miroir au rouge à lèvres
Elle m'a laissé un mot d'adieu
« Pardonne-moi petite Jane
Je m'en vais je veux refaire ma vie »
Une affaire d'amour s'achève
Et voici que tout vire au bleu
J'entrevois par les persiennes
Se lever la nuit

Les dessous chics
C'est ne rien dévoiler du tout
Se dire que lorsqu'on est à bout
C'est tabou
Les dessous chics
C'est une jarretelle qui claque
Dans la tête comme une paire de claques

Les dessous chics
Ce sont des contrats résiliés
Qui comme des bas résillés
Ont filé

Les dessous chics
C'est la pudeur des sentiments
Maquillés outrageusement
Rouge sang
Les dessous chics
C'est se garder au fond de soi
Fragile comme un bas de soie

Les dessous chics
C'est des dentelles et des rubans

D'amertume sur un paravent.
Désolant

Les dessous chics
C'est des dentelles et des rubans
D'amertume sur un paravent.
Désolant

Les dessous chics
Ce serait comme un talon aiguille
Qui transpercerait le cœur des filles

Babe alone in Babylone
Noyée sous les flots
De Pontiacs
De Cadillacs
De Bentleys à L.A.
De Rolls Royce et de Buicks
Dans la nuit métallique

Babe alone in Babylone
Noyée sous les flots
De musiques
Électriques
De rock'n' roll tu cherches un rôle
Tu recherches les studios
Et les traces de Monroe

Les strass et le stress
Dieux et déesses
De Los Angeles
Babe alone in Babylone
Noyée sous les flots
De lumières

De poussières
D'étoiles éphémères
Tu rêves d'éternité
Hélas tu vas la trouver

Babe alone in Babylone
Noyée sous les flots
De tes larmes
Et le charme
De l'avenue du crépuscule
C'est le Sunset Boulevard
Qui serpente dans le noir

Babe alone in Babylone
Noyée sous les flots
Des sunlights
De Malibu
Petite star inconnue
Tu n'as vu que l'étoile
De la police fédérale

Sur les abords du périphérique
J't'ai aperçue par ma vitre
On aurait dit comme le générique
D'un film ricain sans sous-titres
Tu ne m'as même pas demandé où j'allais
On aurait dit que tu t'en foutais

Moi je filais droit sur l'Atlantique
Voir les bateaux qui chavirent
Je voulais me noyer dans le romantique
L'idée semblait te séduire
Tu m'dis « je n'ai jamais vu l'océan
Qui sait là-bas c'est peut-être plus marrant »

J'ai compris ta philosophie Baby Lou
Et ta façon de voir la vie Baby Lou
Et pourquoi pas si c'est ce qui te va
Tu n'es pas concernée
Plutôt du genre consternée
Et pourquoi pas si c'est ce qui te va

J'te regarde dans le rétro de la Buick
Sous les nuages qui se déchirent

Compter les poteaux télégraphiques
Tu ne trouves rien d'autre à me dire
Tu as vraiment l'air de te foutre de tout
De prendre tous les autres pour des fous

Et pourquoi pas si c'est ce qui te va

Norma Jean Baker
One two three O five
Norma Jean Baker
Fifth Helena drive
Qui sait maintenant où elle est
Peut-être plus à L.A.

Norma Jean Baker
Nue en diagonale
Norma Jean Baker
Cinquante nembutals
D'après le rapport de l'attorney
Chef du district d'L.A.

Norma Jean Baker
Quelque chose est anor-
Mal Jean Baker
Téléphone à main droite
Norma Jean Baker
Il est possible qu'elle ait
Voulu appeler L.A.

Norma Jean Baker
Cinq août soixante-deux
Norma Jean Baker
Trois heures quarante-deux
Norma Jean Baker
On l'emmène sans délai
A la morgue d'L.A.

Norma Jean Baker
Plus belle que la Divine
Norma Jean Baker
Monroe Marilyn
Norma Jean Baker
Qui sait maintenant où elle est
Peut-être plus à L.A.

Shangaï

Petite fille sans-un
Tu m'appartiens
Toute nue sous ton alcôve
Salope de pauvre

Le Bon Dieu toi et moi
Amour à trois
On s'aime nous non plus
On n'en peut plus

Griffe-moi jusqu'au sang
Si tu le sens
Nous n'aimons pas les hommes
Mais c'est tout comme

Petite fille sans-un
Tu m'appartiens
Baise-moi dans le cou
Coup de bambou

Lulu

Enfant de l'amour
Portrait de Gainsbourg
Deux cent soixante-dix jours à ce jour
Lulu
J'ai lu
Dans tes grands yeux de velours
Tant d'amour

Entends sous ses doigts
Vibrer le Yamaha
C'est du Cole Porter
Et du papa

Tu es comme moi
Comme moi-
Tié chinois
Mais tu as l'âme sla-
Ve de papa

Rends à ton papa
L'amour que tu lui dois
Tu peux le compter avec tes doigts

Quoi
D'notre amour feu n'resterait que des cendres
Moi
J'aimerais qu'la terre s'arrête pour descendre
Toi
Tu m'dis qu'tu vaux pas la corde pour te pendre
C'est à laisser ou à prendre

Joie
Et douleur c'est ce que l'amour engendre
Sois
Au moins conscient que mon cœur peut se fendre
Soit
Dit en passant j'ai beaucoup à apprendre
Si j'ai bien su te comprendre

Amour cruel
Comme en duel
Dos à dos et sans merci
Tu as le choix des armes
Ou celui des larmes
Penses-y penses-y
Et conçois que c'est à la mort à la vie

Quoi
D'notre amour feu n'resterait que des cendres
Moi
J'aimerais qu'la terre s'arrête pour descendre
Toi
Tu préfères mourir que de te rendre
Va donc savoir va comprendre

V

MON PROPRE RÔLE

D'un tableau de Francis Bacon
Je suis sorti
Faire l'amour avec un autre homme
Qui m'a dit

Kiss me hardy
Kiss me my love

A Frisco non loin de Sodome
Là aussi
J'ai connu un très beau jeune homme
Qui m'a dit

Kiss me hardy
Kiss me my love

Puis à New York où l'on déconne
Je suis parti
Tous là-bas comme un seul homme
M'ont redit

Kiss me hardy
Kiss me my love

Eh oui mon amour oui c'est comme
Ça depuis
Oui j'ai connu bien d'autres hommes
Qui m'ont dit

Kiss me hardy
Kiss me my love

Mets ton masque à gaz Sokolov
Que tes fermentations anaérobies
Fassent éclater les tubas de ta renommée
Et que tes vents irrépressibles
Transforment abscisses et ordonnées
En de sublimes anamorphoses

Des british aux niakouées jusqu'aux filles de Perse
J'ai tiré les plus belles filles de la terre
Hélas l'amour est délétère
Comme l'éther et les popers

De mon buncœur j'ai abaissé la herse
Sarrasine je crains les invasions la der
Des ders dur dur affaire
Classée à la solitude aujourd'hui je m'exerce

Après avoir connu des fortunes diverses
Blondes brunettes red heads platine châtain clair
En moi-même je me dis qu'il serait peut-être préfé-
[rable de faire
L'amour en allongeant quelques sesterces

De Jane au gin peut-être est-ce l'inverse
Je me suis pété la gueule au ginger
Ale sait qu'au bout du compte je m'en irai amer
Empoisonné tel le roi de Perse Artaxerces

Dieu est un fumeur de havane
Je vois ses nuages gris
Je sais qu'il fume même la nuit
Comme moi ma chérie

Tu n'es qu'un fumeur de gitanes
Je vois tes volutes bleues
Me faire parfois venir les larmes aux yeux
Tu es mon maître après Dieu

Dieu est un fumeur de havane
C'est lui-même qui m'a dit
Que la fumée envoie au paradis
Je le sais ma chérie

Tu n'es qu'un fumeur de gitanes
Sans elles tu es malheureux
Au clair de la lune ouvre les yeux
Pour l'amour de Dieu

Dieu est un fumeur de havane
Tout près de toi loin de lui

J'aimerais te garder toute ma vie
Comprends-moi ma chérie

Tu n'es qu'un fumeur de gitanes
Et la dernière je veux
La voir briller au fond de mes yeux
Aime-moi nom de Dieu

J'ai un mickey maousse
Un gourdin dans sa housse
Et quand tu le secousses
Il mousse
J'ai un mickey maousse
Une espèce de pousse
De bambou dans sa brousse
Qui pousse

J'ai un mickey maousse
De quatre pieds six pouces
Qui fiche aux blondes aux rousses
La frousse
J'ai un mickey maousse
Une paire de pamplemousses
En avant toutes et tous
Je pousse

D'abord je veux avec ma langue
Natale deviner tes pensées
Mais toi déjà déjà tu tangues
Aux flux et reflux des marées

Je pense à toi en tant que cible
Ma belle enfant écartelée
Là j'ai touché le point sensible
Attends je vais m'y attarder

Il est temps de passer aux choses
Sérieuses ma poupée jolie
Tu as envie d'une overdose
De baise voilà je m'introduis

J'aime assez tes miaou miaou
Griffes dehors moi dents dedans
Ta nuque voir de ton joli cou
Comme un rubis perler le sang

Plus tu cries plus profond j'irai
Dans tes sables émouvants sables

Où m'enlisant je te dirai
Les mots les plus abominables

Brûlants sont tous tes orifices
Des trois que les dieux t'ont donnés
Je décide dans le moins lisse
D'achever de m'abandonner

Une décharge de six mille volts
Vient de gicler de mon pylône
Et nos reins alors se révoltent
D'un coup d'épilepsie synchrone

Love on the beat
Love on the beat

Et ouais c'est moi Gainsbarre
On me trouve au hasard
Des night-clubs et des bars
Américains c'est bonnard

On reconnaît Gainsbarre
A ses jeans à sa bar-
Be de trois nuits ses cigares
Et ses coups de cafard

Bizarre ce Gainsbarre
Il est cool faut croire
Que de tout il en arre
Ien à cirer enfin faut voir

Et ouais cloué le Gainsbarre
Au mont du Golgothar
Il est reggae hilare
Le cœur percé de part en part

J'ai pas d'paroles
Gainsbourg s'est fait la paire
Faut s'le faire
Quand il boit
Mais ma parole
Ça commence à bien faire
Dans un verre
Il se noie

Il prend son fade
Avec du champagne et du brou de noix
Il m'laisse en rade
Avec ma petite mélodie à la noix

Il m'aurait dit que l'amour s'est fait la paire
Il faut faire
Avec ce qu'on a
Il aurait vu que toi et moi font la paire
Quand j'te serre
Dans mes bras

Pauvre alcoolo
Faut toujours qu'il se cuite

Pourquoi
Pauvre éthéro
Éternellement en fuite
De quoi

Quand on m'dit que j'suis moche
J'me marre doucement pour ne pas t'réveiller
Tu es ma p'tite Marilyn
Et moi j'suis ton Miller
Hein non pas Arthur
Plutôt Henry
Le spécialiste du hardcore

Même musique même reggae pour mon chien
Que tout l'monde trouvait si vilain
Pauv' toutou c'est moi qui bois
Et c'est lui qu'est mort d'une cirrhose
Peut-être était-ce par osmose
Tell'ment qu'il buvait mes paroles

Enfin faut faire avec c'qu'on a
Not' sale gueule nous on y peut rien
D'ailleurs nous les affreux
J'suis sûr que Dieu
Nous accorde
Un peu de sa miséricorde

Car
La beauté cachée des laids des laids
Se voit sans délai délai

C'est moi qui t'ai suicidée
Mon amour
Je n'en valais pas la peine
Tu sais
Sans moi tu as décidé
Un beau jour
Décidé que tu t'en allais

Le compte avait commencé
A rebours
Était-ce vertige déveine
Qui sait
Un voyage un seul aller
Au long cours
D'où l'on ne revient jamais

Moi j'aurai tout essayé
Mon amour
C'était vraiment pas la peine
Je sais
Que c'était foutu d'avance
Mon amour
Je n'ai ni remords ni regret

C'est moi qui t'ai suicidée
Mon amour
Moi qui t'ai ouvert les veines
Je sais
Maintenant tu es avec les anges
Pour toujours
Pour toujours et à jamais

C'est moi qui t'ai suicidée
Mon amour
Moi qui t'ai ouvert les veines
Je sais
Maintenant tu es avec les anges
Pour toujours
Pour toujours et à jamais

Sorry angel
Sorry so
Sorry angel
Sorry so

Hmm hmm hmm
J'ai des doutes j'ai les affreux
Hmm Hmm Hmm
Les affreux de la création
Hmm hmm hmm
Comprenne qui veut
Pas si con
Hmm hmm hmm hmm

Ah ! ça c'est sûr j'suis pas Edgar Allan Poe
Manque de pot
Car pour c'qui est d'la po-
Ésie on l'a ou on l'a pas dans la peau

J'suis pas non plus Arthur Rimbaud
Çui-là y d'vait faire un beau
Couple avec l'autre là merde j'ai beau
Chercher j'trouve pas boh

Çui-là pour l'égaler faut s'lever tôt
J'veux parler d'Antonin Artaud
Ouais le génie ça démarre tôt
Mais y'a des fois ça rend marteau

J'aimerais que ce télégramme
Soit le plus beau télégramme
De tous les télégrammes
Que tu recevras jamais
Et qu'ouvrant mon télégramme
Tu te mettes à pleurer.

Je sais que ce télégramme
Est le dernier télégramme
De tous les télégrammes
Que je t'enverrai jamais
Tu auras ce télégramme
Par le Post Office anglais

Tu auras ce télégramme
Comme mes autres télégrammes
Par Overseas Telegram
Et le Post Office anglais

Si j'ai quoi affirmatif et quoi d'autre no comment
Si je baise affirmatif quoi des noms no comment
Des salopes affirmatif des actrices no comment
Des gamines affirmatif de quel âge ooh ooh ooh

Si j'ai quoi affirmatif et quoi d'autre no comment
Si je bande affirmatif pour qui ça no comment
Pour des putes affirmatif et qui d'autre no comment
Brunes blondes affirmatif et rouquines ooh ooh ooh

Si j'ai quoi affirmatif et quoi d'autres no comment
Si j'assure affirmatif quoi tout seul no comment
D'la technique affirmatif du doigté no comment
Self control affirmatif comment ça ooh ooh ooh

Si j'ai quoi affirmatif et quoi d'autre no comment
Si j'aime ça affirmatif quel côté no comment
Peu m'importe affirmatif c'que j'préfère no comment
Obsédé affirmatif sexuel oohoohooh

Si j'ai quoi affirmatif et quoi d'autre no comment
Si j'assure affirmatif quoi tout seul no comment

D'la technique affirmatif du doigté no comment
Self control affirmatif comment ça ooh ooh ooh

Si j'ai quoi affirmatif et quoi d'autre no comment
Si j'aime ça affirmatif quel côté no comment
Peu m'importe affirmatif c'que j'préfère no comment
Obsédé affirmatif sexuel

I'm the boy
That can enjoy
Invisibility
I'm the boy
Le garçon
Qui a le don
D'invisibilité

Ombre parmi les ombres
Des nocturnes torrides
Je me perds dans le nombre
Pour atteindre au sordide

Masque parmi les masques
Tragiques ou d'amertume
Le cuir noir et les casques
Scintillant sous la lune

Ame parmi les âmes
Fébriles dans leurs angoisses
Lorsque brille une lame
Ou un regard salace

Homme parmi les homm
Dans le noir ou l'ivoire
Recherchant les symptôm
D'orgasmes illusoires

Putain parmi les putes
J'enfonce dans la fange
Où s'éteignent les brutes
Et se saignent les anges

Incest de citron
Lemon incest
Je t'aime t'aime je t'aime plus que tout
Papapappa
Naïve comme une toile du NIERDOI SSEAUROU
Tes baisers sont si doux
Inceste de citron
Lemon incest
Je t'aime t'aime je t'aime plus que tout
Papapappa

L'amour que nous n'f'rons jamais ensemble
Est le plus beau le plus violent
Le plus pur le plus enivrant
Exquise esquisse
Délicieuse enfant
Ma chair et mon sang
Oh mon bébé mon âme

L'amour que nous n'f'rons jamais ensemble
Est le plus rare le plus troublant
Le plus pur le plus émouvant

Exquise esquisse
Délicieuse enfant
Ma chair et mon sang
Oh mon bébé mon âme

VI

POUR CHARLOTTE

Te souviens-tu ma petite Charlotte
Toi à quatre pattes comme un petit gavial
Ça y allait sec tes glandes lacrymales
Quand tu faisais poupou dans ta culotte
Je te disais
Shush shush shush Charlotte
Shush Charlotte shush shush

Tu es une petite Charlotte
Aux pommes à l'aube aux aurores boréales
Quand tu t'enfiles tes céréales
Avant le lycée polyglotte
Tu as peur d'être en retard et je te dis
Shush shush shush Charlotte
Shush Charlotte shush shush

Comme ton petit papa tu aimes les bank-notes
Et quand tu perds au jeu tu le prends super mal
Tu dis merde chier con tu râles
Calme calme ma petite cocotte
Shush shush shush Charlotte
Shush Charlotte shush shush

Sais-tu ma petite fille pour la vie il n'est pas d'antidote
Celui qui est aux manettes à la régie finale
Une nuit me rappellera dans les étoiles
Ce jour-là je ne veux pas que tu sanglotes
Shush shush shush Charlotte
Shush Charlotte shush shush

Charlotte
Charlotte for ever
Petit papa rêveur
Charlotte
Charlotte for ever
A jamais dans mon cœur

Charlotte
Charlotte for ever
Recherche d'un never
More yes for ever
Tous les amours se meurent
Sans toi
Je n'suis plus moi
J'dérive à l'infini
Sens-moi
Approche-toi
Amour de ma vie

Charlotte
Charlotte for ever
No leader no dealer

Charlotte
Charlotte for ever
De moi tu es l'auteur
Charlotte
Charlotte for ever
Es-tu à la hauteur
Sans toi
Je n'suis plus moi
J'dérive à l'infini
Sens-moi
Approche-toi
Amour de ma vie

Charlotte
Charlotte for ever
Pitié pour moi mon cœur
Charlotte
Charlotte for ever
Tu as gagné je pleure

Charlotte
Charlotte for ever
Papa papa j'ai peur
Charlotte
Charlotte for ever
De goûter ta saveur

Charlotte
Charlotte for ever
Vu ni vu ni couleur
Charlotte
Charlotte for ever
Détournement d'mineure

J'ai des ouvertures éclair
Des fermetures en clair
Peut-être un peu trop lucide
Et lorsque mes tentations
Me donnent des sensations
Je sens l'attrait du vide

J'vois des flashes et des éclairs
Des orages dans l'air
Vers moi se translucident
Des lignes haute tension
Me disent attention
L'amour est trop avide

Bouche en ouverture éclair
MacDonald duck éclair
Au café à l'acide
J'en ai pris double ration
De baisers de tension
Nerveuse je suis vide

J'ai des ouvertures éclair
Des fermetures en clair

Peut-être un peu trop lucide
Et lorsque mes tentations
Me donnent des sensations
Je sens l'attrait du vide

J't'ai pris pour ce que tu n'étais pas
T'ai laissé pour ce que tu es
Je t'ai
Jeté
Par trop de lucidité

Tu peux toujours courir, moi
J'suis partie en illusion
Partie
Arri-
Vée en dérision

Tu es tout ce que je ne suis pas
Tu es tout ce que je hais
J'ai lu
Le faux-cul
Dans tes yeux gris horizon

Tu peux me suivre pas à pas
T'inquiète, je sais ce que tu es
Ta Ya-
Maha
A plus de réflexion

Maintenant tu sais pourquoi
J'aime jusqu'à la déraison
J'aime
Même
Si parfois c'est sans raison

Aveuglé à ce point l'a-
Mour, de texte explication
Tu es moins
Que rien
Tu es vraiment un con

J't'ai pris pour ce que tu n'étais pas
T'ai laissé pour ce que tu es
Je t'ai
Jeté
Par trop de lucidité

Aveuglé à ce point l'a-
Mour, de texte explication
Tu es moins
Que rien
Tu es vraiment un con

Oh Daddy oh Daddy oh
J'suis mineure vaccinée au
Chagrin au stress au sanglot

Oh Daddy oh Daddy oh
Tu joues au con t'en fais trop
Tu es noir ou bleu indigo

Oh Daddy oh Daddy oh
Tu te crois à la Metro
Goldwin Mayer sixty O

Oh Daddy oh Daddy oh
C'est haine et amour and Co
Prohibition Chicago

Oh Daddy Oh Daddy oh
Comme Rudolf Valentino
Tu baises tu fumes tu bois trop

Oh Daddy oh Daddy oh
Pas de quoi pavoiser intro-
Spective coda intro

Oh Daddy oh Daddy oh
Tu en fais un max tu joues o-
Verplay sur ma stéréo

Oh Daddy oh Daddy oh
Tu te prends pour Allan Poe
Huysmans Hoffmann et
Rimbaud

Oh Daddy oh Daddy oh
Je viens de voir ton électro
J'vais appeler SOS O

Oh Daddy oh Daddy oh
J'suis mineure vaccinée au
Chagrin au stress au sanglot

Oh Daddy oh Daddy oh
Tu joues au con t'en fais trop
Tu es noir ou bleu indigo

Oh Daddy oh Daddy oh
J'viens de voir ton électro
J'vais appeler SOS O

J'suis élastique
Dans mes gimmicks
Mais hélas, tic
Je vois tout en toc

Élastique
Gimmicks
Je te réplique
Du tac tac au tic

Quand certains jours pour moi ça rigole pas des [masses
Devant ma glace
Je me fais des grimaces

Élastique
Des gimmicks
Un peu comme Mick
Jagger que je trouve comique

Élastique
Gimmicks

Informatique
Sur l'amour file moi ta doc

J'suis élastique
Dans mes gimmicks
Mais hélas, tic
Je vois tout en toc

Élastique
Gimmicks
Maths et chimique
Pas louper mon bac

Quand certains jours pour moi ça rigole pas des [masses
Devant ma glace
Je me fais des grimaces

Élastique
Des gimmicks
Oui j'ai des tics
Et c'est pas du toc

Élastique
Gimmicks
J'aime la musique
Le funky le roll and rock

J'suis élastique
Dans mes gimmicks
Mais hélas, tic
Je vois tout en toc

Élastique
Gimmicks
J'aime les comic-
Strip aussi les clips

Quand certains jours pour moi ça rigole pas des
[masses
Devant ma glace
Je me fais des grimaces

Élastique
Des gimmicks
J'ai trop de tact
Je manque de tactique

Élastique
Gimmicks
T'es qu'un pauv'mec
T'es malade t'faudrait un doc

Quand certains jours pour moi ça rigole pas des
[masses
Devant ma glace
Je me fais des grimaces

Élastique
Des gimmicks
Un peu comme Mick
Jagger que je trouve comique

Élastique
Gimmicks
T'es qu'un pauv'mec
T'es malade t'faudrait un doc

J'aime pas les turbulences
Sois plus doux avec moi
J'fais c'que j'veux et c'que j'peux voilà
C'est en toute innocence
Que j'te dis ça papa
Je sais je sais je sais tais-toi

Y'a les caresses
Et y'a les coups
Aucun secret
Aucun mensonge
Toi moi nous

Dans quelle turbulence
M'as-tu conçue papa
Tu le sais aussi bien que moi
Oui je sais dans quel sens
Le prendre mais tu vois
Ouais je le vois au son de ta voix

Tout n'est que stress
On est à bout

Sens du péché
Des interdits
Des tabous

Constant dans l'inconstance
Tu ne sais pas où tu vas
Où je vais ça ne te regarde pas
Tu as des réminiscences
De cul ou bien de quoi
Ça n'est pas ton problème
C'est le moi

J'aime pas les turbulences
Sois plus doux avec moi
J'fais c'que j'veux et c'que j'peux voilà
C'est en toute innocence
Que j'te dis ça papa
Je sais je sais je sais tais-toi

Est-ce une baisse
De tension ou
Aucun secret
Aucun mensonge
Toi moi nous

Zéro pointé vers l'infini
J'ai tout faux dans ma vie
Zéro pointé vers l'infini
J'étouffe en dent de scie

Zéro pointé vers l'infini
Overdose de rêverie
La nuit le jour m'ennuient
J'ai soif de Nelson Melody

Zéro pointé vers l'infini
Je mens et je m'enfuis
Zéro pointé vers l'infini
Vers d'autres galaxies

Zéro pointé vers l'infini
Overdose de rêverie
La nuit le jour m'ennuient
J'ai soif de Nelson Melody

Les math' elem
J'sais pas si j'aime
J'te l'prouve par A plus B

Les forts en thème
Tous en B.M.
Doublent en première B

J'sais plus c'que t'es
J'sais pas c'que j'ai
Je me sens mal à l'aise

Miller j'ai lu
Je ne veux plus
Entendre parler de baise

Zéro pointé vers l'infini
J'ai tout faux dans ma vie
Zéro pointé vers l'infini
J'étouffe en dent de scie

Zéro pointé vers l'infini
Overdose de rêverie
La nuit le jour m'ennuient
J'ai soif de Nelson Melody

Don't forget to forget me
Yes forget me
Souviens-toi de m'oublier
C'en est assez

Don't forget to forget me
And forgive me
Comprends bien que nos tracés
Sont effacés

Don't forget to forget me
Yes forget me
Souviens-toi de m'oublier
C'en est assez

Don't forget to forget me
And forgive me
Jour ou l'autre il faut payer
Ou pardonner

Don't forget to forget me
Yes forget me

Souviens-toi de m'oublier
Tu es dépassé

Don't forget to forget me
And forgive me
Sur Shade sur Bill Haley
Dégage, allez

Don't forget to forget me
Yes forget me
Souviens-toi de m'oublier
C'en est assez

Charlotte for ever le film

Charlotte, quatorze ans et des poussières, d'étoiles, pas raisonnable mais raisonnée, sucrée acide, acidulée sucrée, translucide et parfois glauque marine, tel un bonbon anglais fondant sous la bouche de Stan, goût et arrière-dégoût de cayenne ou de gingembre selon son humeur et celle de daddy, mineure kamikaze, n'ayant peur de tout mais effrayée de rien. Délicieuse. Adorable. Deux petits seins se pointent à l'horizon, légers comme mouchoirs de batiste dans la paume de ma main gauche. Bientôt ses doches, rose crevette rose. Sent la pisse et l'enfer, le feu de Dieu mais celui-ci est son sponsor.

Stan, scénariste à la dérive, ayant connu sa demi-heure de gloire dans quelque studio hollywoodien des années cinquante ou soixante peu importe, éthylique au dernier degré, suicidaire forcené. Voit tout en black excepté dans le regard laser et azuré de la petite Charlotte. Vertiges de l'inceste et tendresse hallucinogènes. Du talent, mais à chier. Result du crash de la Porsche que l'on visionnera en flash-back, à sa main droite un gant de cuir bleu marine avec peut-être blocage du coude en angle obtus. S'en référer à la photo intérieure de mon trente centimètres « Live ».

Herman, producteur germanique de seconde zone, fauchman par désintérêt ou friqué par pseudo-mécénat, escroc notoire et dérisoire, miserait tout son blé sur le petit cul de Charlotte dont entre parenthèses il subodore la photogénie flagrante et la chaleur interne. Herman, cholestérol à tout va. Suinte sous les aisselles.

Léon, pédéraste et pourquoi pas. A cran, donc imprévisible de par son alcoolémie. Tendresse profonde envers Stan et Charlotte. Parcours du non-combattant. Toubib déserteur intello, irrécupérable. Néo-dandy.

Thérèse dite Bécassine. Age indéfinissable. Hyper-ingrate à première vue. Visage criblé non pas de taches de beauté mais de rousseur. Chignon dégueu et lunettes de myopie. A tout contre elle à première vue si je puis dire étant donné la faiblesse de sa dioptrie.

Lola, un trou de balle, un lézard, un iguane, un dinosaure aux yeux de Charlotte. Un coup bas de mon petit papa chéri dixit celle-ci, Casting. Fille gros cul et blancs nibards.

Adélaïde, dix-neuf ans à la limite, jolie sans plus. Prépare son bac, c'est-à-dire classe supérieure de Charlotte sa copine, de cheval. Déjà des seins, les dégage à dessein. Fringuée comme l'as de trèfle. Cela implique un casting à chiader sur deux ou trois adolescentes du même âge et même lycée que Charlotte où l'on comprendra en filigrane que l'une d'elles aurait eu des interférences sexuelles avec Papa.

Unité de lieu, d'action, certainement pas de temps. En temps que metteur, moi, Gainsbourg, aimerais, condition Cine qua non, un tournage en studio pour des problèmes de lumière et de son.

Ambiance trente trente-cinq. Réminiscences et sous-jacences de luxes et luxures à jamais révolues. Bibliothèque d'intello, reliures cramoisies, ordonnées par le temps passé et désordonnées par le présent, fourvoyées par les poussières d'un never more.

Stan, de sa main gauche, frappe à deux doigts sur une Corona, Corona Typewriter Company Inc., un scénario merdique.

Verres jades et enfumés.

Arrive Charlotte, sublime dans sa candeur et sa beauté avec, dans les yeux, trois gouttes de tabasco, j'entends par là une agressivité latente.

Lui balance à la gueule ses cahiers de lycée et du maïs en boîte. Puis se casse.

Couloir boisé de gris, perspective hyper et surréaliste la projette dans l'univers de The Wizzard of Oz, Alice aux Pays des Merveilles et Le Petit Chaperon Red.

Ce couloir mène à l'infini, c'est-à-dire les gogues, la salle de bains et la chambre à coucher, et Charlotte va pisser ou faire caca.

Ainsi, nous avons défini les lieux où se situe cette com pseudo-dramatique. Le problème étant celui-ci, maman est morte dans une collision de Porsche et de camion-citerne. Traumatisme de l'enfant qui pense que daddy Stan a tué maman.

Flash-back à shooter à quatre caméras dont deux au ralenti. Pour les cons qui n'auraient pas perçu mon propos en deux mots... ceci étant en synopsis, il est évident qu'il s'agit là d'un rapport de faiblesse entre Charlotte et Daddy, and for the happy end, Charlotte, après avoir retrouvé son papa dans un coma éthylique au retour de ses classes, aura tout perçu de son innocence.

Baiser à la russe.

VII

DERNIÈRES NOUVELLES DES ÉTOILES

J'ai l'impression du déjà vu
Dans tes yeux qui m'observent
A ton regard j'ai déjà lu
Les doutes les réserves

C'est l'obsession du déjà su
Et que cela me serve
De leçon car sans imprévu
Je sens que ça t'énerve

J'aurais aimé te convaincre
Et en toute innocence
Regarde-moi en transparence
Prends-le à double sens

Lequel de nous deux peut vaincre
Sous l'empire des sens
Comment arriver à l'essen-
Tiel sur des apparences

Tu m'as braquée avec ton doigt
Et puis traquée jusque chez moi
Et j'ai craqué là craqué pour toi
Ma petite culotte *made in china*

Dans mon walkman sauvez les a
Pparences intimidée par toi
Et j'ai craqué devant toi
Des petits crackers *made in china*

Pas d'électricité chez moi
Je me suis dit il faut que je le voie
Et j'ai craqué toute une boî
Te d'allumettes *made in china*

Tu m'as saquée juste après l'a
Mour j'ai pleuré comme il se doit
Je sentais couler entre mes doigts
Tout le saké *made in china*

Ghetto laster

I lost my sound machine
On the corner
De Harlem pas très clean
Un son d'enfer
Je sors de cet under
Ground du genre assez in
Prendre un peu l'air
Je vois par terre
Ce sound ce sound machine
Sony Pionneer
Intérêt à se taire
Je le planque sous ma gabardine
Et je me fais la paire

Entre l'âme et l'amour
De quoi perdre la raison
Je me suis toujours
Posé la question

Tu joues sur du velours
Je suis avide de passion

Si l'on fait l'amour
Dans la dérision
Moi je suis assez pour
La loi du talion

Un temps et un jour
Fini l'émotion

Tu m'appelles au secours
A court de munitions
Un signe et j'accours
Je fais du stop aux camions

Au bonheur du jour
De nuit pas question

Fillette tu te goures
Passent les saisons
Mais à contre-jour
Je ferai peut-être illusion

Je te demande un recours
En grâce mais c'est *Non !*

How much for your love baby
Je ne suis qu'une traînée de poudre de riz
Pour toi rien ou alors maybe
Si tu vois Daisy dis-y

Sûr que tu m'as vue au *Crasy*
Je me sens un peu lazy
Si tu veux m'avoir easy
Dix mille dollars cash sorry

Toi pleurer le Yang Tsé
Kiang je suis sûre que tu ne sais
Pas c'est
De l'excès
De froideur à déplorer

J'ai pleuré le Yang Tsé
Kiang je dérive je ne sais
Ce que j'ai
d'excé
Ssif pour que tu m'aies laissée

Noyée dans le Yang Tsé
Kiang eaux troubles je sais
Que c'est
Comme des
Arrière-goûts de suicidée

Je descends le Yang Tsé
Kiang je me laisse aller
Assez
De ces
Larmes trop acidulées

Que c'est long le Yang Tsé
Kiang quoi affaire classée
Jamais
Jamais
Mais peut-être un jour qui sait

L'essence et les sens
Ça n'a pas de sens
Mais pour moi c'est l'essen
Tiel

Hey mister Zippo
Ouvre ton zip oh
Que je vois ta morpho
Ah ça non tu manques pas d'air
Tu m'enflammes s.o.
S. tu marches à l'*Esso*
Et au super

Hey mister Zippo
Es-tu King Kong Rambo
Tous les deux le même topo
Ça fait la paire
Est-ce un film RKO
Ou de la Metro
Goldwyn Meyer

Hey mister Zippo
Je suis à cran accro

Pourtant tu n'as pas le pro
Fil de Baudelaire
Oh prends-moi dans ton Au
Tobianchi *allez go !*
Et jusqu'à la mer

Hey mister Zippo
C'est un lance-flammes en Indo
Mais pour toi j'irais jusqu'aux
Enfers

Quoi toi, moi t'aimer encore, tu rêves

Je te verrai au petit déj
Demain matin au collège
Et je baisserai les yeux

Et je m'en fous si tu en crèves
Le jour où la nuit se lève
Je suis une et pas deux

Tu es tombé dans le piège
Te mentir serait sacrilège
Mais je te sens malheureux

Mais où vais-je que sais-je
Suis-je responsable de nos brèves
Rencontres qui n'ont pas lieu

Les nuits de déprime de détresse
Je dénoue, me refais, des tresses

Il y a du sang sous la neige
Moi rien à foutre mais que n'ai-je
Pu passer aux aveux

You are my *China doll*
Oiseau de parabole
I love you *China doll*
Que tu aimerais prendre au viol
Tu aimes mon look mon indol
Ence de *China doll*

You are my *China doll*
Tu me colles comme Interpol
Bien moins crazy que doll
La poupée que tu idol
Atre cache un atoll
Cœur de corail

Je ne suis qu'une Lol
Ita pour toi

You are my *China doll*
Oiseau de parabole
I love you *China doll*
Que tu aimerais prendre au viol
Je saute dans le trol
Ley bus bye bye

J'ai disjoncté je suis in the moon
A la recherche de ce pauvre clown
Qui m'a laissée
Je sens que je le retrouverai soon
Mais dans ma jonque je chante Gloom
Y Sunday

Je rêvais de notre honey moon
Lune de miel je sais que vous n'
Savez ce que c'est
J'ai fait refait tous les lagoons
T'es-tu noyé dans un saloon
Oversaké

Aberdeen Kowloon
Je suis dans le blues j'appelle le Room
Service on me refile un groom
Qui ne sait qui c'est

Un soir que dans le Bronx
J'étais on ne peut plus anx
Ieux de retrouver Samantha
Entre Thelonius Monk
Quelques punks aussi Brons
ki Beat giclant de mon Aïwa

You're under arrest
Cause you are the best

J'ai dit et je redis donc s
Ur le trop tard du Bronx
Je recherchais Samantha
S'pointent deux gorilles du Bronx
Il est évident donc c'
Était mal barré pour moi

You're under arrest
Cause you are the best

C'était deux police black
Qui pratiquaient le slang

Ainsi que le Colt Cobra
Ils m'plaquent au mur du Bronx
Et je défie quiconque
De ne pas avoir les foies

You're under arrest
Cause you are the best

L'un de ces yankees monkey
Me dit « Give us your money »
Qu'est-ce que t'aurais fait toi
Ils m'relâchent ainsi donc
J'enfonce dans le Bronx
Retrouver Samantha

De mes cinq petites pisseuses j'ai préféré la six
Ouais pour toi Samantha j'ai balancé mes cinq ex
Tes petites socks
Me mettent en erex
Elles sont si sex
Y de mes cinq petites pisseuses j'ai préféré la six
Un dancing avec des synthés où suintait un sax
Tes petites socks
Me mettent en erex
Je sens ça si sex

De mes cinq petites pisseuses j'ai préféré la six
C'était la plus noire de peau, de loin la plus lascive
Ses petites socks blanches
Me mettent en erex
Jusqu'à l'intox
De mes cinq petites pisseuses j'ai préféré la six
Premier contact, dans son dos mon ongle dessine un x
Ses petites socks
Me mettent en erex
J'oublie mes ex

De mes cinq petites pisseuses j'ai préféré la six
Je sais pourtant que Samantha a des délires annexes
Ses petites socks
Me mettent en erex
Elle me suck
De mes cinq petites pisseuses j'ai préféré la six
Je les avais limées limées limite jusqu'à l'intox
Ses petites socks
Me mettent en erex
Et je la fuck

Baille baille Samantha

Je suis à cran tu es a
Ccro Samantha
Je le sais je le sens
Mets tes doigts devant ta
Bouche tu bâilles
Oh Samantha

J'suis vraiment lamenta
Ble oh Samantha
Moi je n'aime pas ces plans-là
No way Samantha
Plonge dans ta menthe à
L'eau Samantha

Je connais ton mental
Oh Samantha
A la saignée de ton bras
Gauche Samantha
Des traces de piquouzes à
Tes lèvres une traînée de poudre

Je n'aimerais pas être dans ta
Peau Samantha

Tu peux te tirer à Santia
Go Samantha
Je te retrouverai dans mes santiags
Go away Samantha

Suck baby suck
With the CD of Chuck
Berry Chuck
Tu peux aussi me suck
Er sur le compact de Lay
Lady lay
Ou pour changer m'ensuqu
Er avec Bill Haley
Allez
Suck baby suck
Sur le laser de Chuck
Berry Chuck
Veux-tu que je passe une vidéo look
J'ai tous les Avery Tex
En amerloque
Dans le tex
Te ainsi que Donald Duck

Reste bien dans l'axe
Et s'il t'arrive un acc
Ident Samantha
Ça me rendra un peu plus Ha

Rd Rock fais aussi bien que mes ex
Baby suck
And good luck
Tu aurais pu aussi me saqu
Er sur le compact de Lay
Lady lay
Ou pour changer m'ensuqu
Er avec Bill Haley
Allez
Suck baby suck
With the CD of Chuck
Berry Chuck

Aux enfants de la chance
Qui n'ont jamais connu les transes
Des shoots et du shit
Je dirai en substance ceci

Touchez pas à la poussière d'ange
Angel dust en sh
Oot ou en shit
Zéro héro à l'infini

Je dis dites-leur et dis-leur
De casser la gueule aux dealers
Qui dans l'ombre attendent leur
Heure
L'hor
Reur
D'mi
Nuit

Ne commettez pas d'imprudences
Surtout n'ayez pas l'impudence
De vous foutre en l'air avant l'heure dite
Comme Samantha Édith et dites

N'approchez pas le *magic mushroom*
N'essayez surtout pas le *free base*
Car c'est lui qui vous baise
C'est lui qui vous baise à l'aise

Touchez pas au *dragon chasing*
Chasse au dragon
Qui se prend en shoot ou en shit
Zéro héro à l'infini

You you you but not you

J'aime les petites rouquines
Celles qui ont le spleen
De Baudelaire et Gershwin
Irving Berlin

J'aime les petites brunettes
Cocottes vous êtes
Les plus précieuses
In my head

J'aime les black looks
Jamaicain look
They are in my book
Private joke

J'aime les skins heads
Elles ne sont pas si bad
De bonnes petites baiseuses
In my bed

J'aime les blondes filasses
I look to their ass
Hole that's all
Peut-être bébé est-ce toi

Je suis plein aux as
De la race
Des Seigneurs
Toi tu as la classe
Tu es un Saigneur

Moi je suis passe
Impair et manque
Comme tout à l'heure

Tu me dédicaces
Ma petite gueule d'amour
Et je comprends ma douleur

Tu fais des casses
Et puis tu te casses
A toute allure

Je te lime jusqu'au sang
Mais je sens que jamais tu n'ressens
Mon
Shotgun

Te sentir au septième ciel
Non sans
Pour moi pauv'con c'est essen
Tiel
A mon
Shotgun

Peut-être dans un avenir récent
Aurai-je ton regard incandescent
Avec mon
Shotgun

Je t'ai tirée des mille et des cents
A présent je sens indécent
Dégueu mon
Shotgun

Je voulais te le faire aux sentiments
Et même je t'aurais aimée sans
Sans mon
Shotgun

Je pensais avoir un ascen
Dant sur toi, t'en as rien à foutre
Rien à cirer de mon
Shotgun

Quand même ah problème
Si cela n'est pas
Trop te demander
Crache-moi que tu m'aimes
Si même tu mens Samantha.

Tequila aquavit
Un glass securit
Pour prendre ton clit

A jeun je trouve ça limite
J'ai besoin d'une bit
Ure bien composite

Je recherche Aphrodite
Froideur explicite
Ouais j'y vais sans hésit
Ation mais pas d'excit
Ation climax exit

Que de langues sodomites
De doigts troglodytes
Des plombes que je te visite
Absence de coït
O.Kay on est quitte

Toi tu l'prends comme un rit
Uel un plan habit
Uel plus rien ne t'excite

A jeun je trouve ça limite
J'ai besoin d'une bit
Ure bien composite

Mon verre securit
Éclate en petites
Particules j'évite
De les mettre en orbite
Sur ta chrysalide

Plus de glass securit
Pour prendre ton clit
Je ne sais ce que nécessitent
Ton con et ton clit
Je suis perdu j'hésite

Oh et puis merde je quitte
Tes muqueuses shit
J'ouvre mon lexique
Mallarmé dixit
Je cite

Et dans ses jambes où la victime se couche
Levant une peau noire ouverte sous le crin
Avance le palais de cette étrange bouche
Pâle et rose comme un coquillage marin

Je prends mon baise-en-ville
J'me tire à Delta ville
Avec mon
Dispatch box

J'ouvre l'attaché-case
Et j'oublierai tes treize
Ans dans mon
Dispatch box

Je prends mon baise-en-ville
Notre amour ne fut-il
Qu'une tringle futile
Dans le Bronx y'a des box
Ons de rêve j'y trouverai un peu d'ox
Ygène

Je prends mon baise-en-ville
Je t'ai loupée poupée mais quoi qu'il
En soit j'entrouvre l'attaché-case
Je n'ai que l'avant-goût d'la glaise

Je prends mon baise-en-ville
Tout ça tourne au vinyle
Hélas tes nibars mon hot dog
Et tes dragues et tes drogues
Ça suffit

Je prends mon baise-en-ville
J'y mets *Chessman Karyll*
Car il a sa place j'ouvre l'attaché-case
Moi des baises j'en ai Treize
A la douze

Je ferme mon baise-en-ville
Ça t'fait chier tu t'épiles
Les poils pubiques
Ras l'cul de toi
Cinq ans d'légion étrange
Serait-ce pire que toi
L'étrangère

Lorsque l'on me parle de couleur de peau
J'ai le Blues qui me fait froid dans le dos
Je me sens dans un conte d'Edgar Allan Poe
C'est le *never more* les vumètres à zéro

White and Black
Danse, balance sur le *White and Black Blues*
Nous les Blacks
Nous sommes quelques millions treize à la douze

Paradisiaque
Africa mon amour, je t'ai dans la peau
White and Black
Qu'importe la couleur, tous égaux

Entendez-vous les percussions des Tam-tams
Elles vous vont droit au cœur, vous transpercent [l'âme
Comme la flèche d'un chasseur, équateur
Une lame de couteau où scintillent les pleurs

Le long du fleuve
Sous le soleil ambré des marécages

Où qu'il pleuve
Sur nos amours que vienne l'orage

White and Black
Danse, balance sur le *White and Black Blues*
That's all right
Danse, balance sur le White Blues...
And Black

Et quand bien même
Tu m'aimerais encore
Je me passerai aussi bien de ton désaccord

C'est le même dilemme
Entre l'âme et le corps
Comme un arrière-goût de *never more*

Lautréamont *les chants de Maldoror*
Tu n'aimes pas moi j'adore

Et quand bien même
Tu me passerais sur le corps
Je ne me sens plus de faire aucun effort

C'est le théorème
De tous les anticorps
Un problème de rejet ou d'accord

Et quand bien même
Je me lève aux aurores
Et je fais les cent pas dans le corridor

Les chrysanthèmes
Sont des fleurs pour les corps
Refroidis ça te va bien quand tu dors

Et quand bien même
Tout se voile dehors
Je me guiderai sur l'étoile du Nord

Rompre les chaînes
Sans souci de son sort
S'éloigner des regrets et remords

Où il est question des ils et des elles
Ils i.l.s. et elles e. deux l. e. est-ce
Parce que je sais
Qu'entre nous deux c'est
Fini il s'fait la belle

Sur qui tombera-t-il sait-il laquelle
J'irais dans une île si j'avais des ailes
Et à travers ces
Courants traversés
Je fuirai le réel

Un jour sûrement saura-t-il que j'étais celle
Qui l'aura aimé plus qu'une autre plus qu'elle
Maintenant je sais
Je sais ce que c'est
Que l'amour au pluriel

Peut-être m'en restera-t-il des séquelles
De ces turbulences en parallèles
Moments à passer
Pour oublier ces
Délires passionnels

Litanie en Lituanie

Que dis-tu dis
Tu me regardes avec défiance
Tu m'étudies

Tes néologismes
Et tes barbarismes
Tu te les gardes pour toi

Rien d'inédit
Du réel aux apparences
Qu'en sais-tu dis

De ton nihilisme
Teinté de dandysme
Je n'ai que faire de ça

Je t'interdis
De croire ni aux médisances
Ni aux on-dit

L'hyperréalisme
De ton égoïsme
Lire le mode d'emploi

Ce qui est dit est dit
Peut-être qu'un mois d'absence
Qu'en dis-tu dis

Oublie ton cynisme
Entends mon mutisme
J'ai froid de mon effroi

Je te dédie
Des Esseintes de Huysmans
Ce qui est dit est dit

Talons aiguille
Telle une fille
Perdue sur l'asphalte

Frêle légère
Comme éphémère
Je frôle l'asphalte

Quoi qu'il arrive
Je suis la rive
Au bord de l'asphalte

D'un sourire vague
Je suis la vague
Que coule l'asphalte

Et je balance
Mon innocence
Le long de l'asphalte

J'avance et rêve
Foulant sans trêve
Bitume et asphalte

Dans ma névrose
Je vois des roses
S'ouvrir sur l'asphalte

Ainsi je penche
Sur des pervenches
Sorties de l'asphalte

Et puis le rêve
Soudain s'achève
Odeur de l'asphalte

Traînées de poudre
De riz qui sourdent
Semées sur l'asphalte

Suis au délice
Quand sur moi glissent
Des regards asphalte

Que de fantasmes
Et que d'orgasmes
Jaillis de l'asphalte

Que de détresse
Dans ces ivresses
Venues de l'asphalte

Tombée du ciel
Je suis tombée des nues
Traversant l'arc-en-ciel
J'avais des vel
Léités d'ingénue
Oubliant le réel

J'ai vu de belles
Éclaircies puis les nu
Ages face au soleil
Ange Gabriel
Me pardonnerais-tu
Mes rêves démentiels

Artificiels
Des paradis perdus
Qui donnent le sommeil
A l'essentiel
Me suis toujours tenue
Plus dur est le réveil

32 fahrenheit

Degré zéro
30 sacs for a night
Est-ce trop
Je sais que j'ai tout faux
Mais j'ai le copyright
De mes défauts

Je sais also
Qu'entre le wrong le right
Who knows
Des bas des hauts
Humeur black and white
Ou indigo ?

Je sais qu'il me faut
Briser l'*after eight*
De mon ego
J'aime les mélos
J'adore Vivian Leigh
Garbo

And so and so
Docteur *Mister Hyde*

Hello
Voilà le plus beau
Stranger in the night
Let's go

Socquettes blanches tennis
Haut dé
Nudé
Love fifteen
Et des jeans
Azurés

Quand ses yeux sur moi se glissent
Ça me fait
L'effet
Love lifteen
D'un verre de gin
Glacé

Déjouant les maléfices
Du *Portrait*
De Dorian Gray
Love fifteen
Elle est in
Et le sait

Descendant jusqu'aux abysses
De mes

Pensées
Love fifteen
Est-elle clean
Qui sait

Lolycéenne en esquisse
AB
CD
Love fifteen
A la gamine
J'ai cédé

Elle était mon Eurydice
J'étais
Orphée
Love fifteen
Un James Dean
Est passé

Ainsi disparut Alice
C'était dé
Cidé
Love fifteen
J'ai le spleen
A jamais

Un amour peut en cacher un autre
On est aveugle mais comment faire autr
Ement il faut payer le jour du crash
C'est l'American Express ou le cash

On réalise un beau jour entr'autres
Qu'il s'en pointe un autre que le vôtre
Personne n'a jamais su que je sache
Qu'il aurait droit à ce coup de flash

On pense que ça n'arrive qu'aux autres
Me balance pas ça, pas à moi, à d'autres
Il en reste des traces des tâches
De sang quand deux first class se détachent

Amours des feintes
Des faux-semblants
Infante défunte
Se pavanant

Cartes en quintes
S'édifiant
Le palais d'un prince
Catalan

Amours des feintes
Seul un can
Délabre scint
Ille au vent

Où l'on emprunte
Des sentiments
Le labyrinthe
Obsédant

Et comme si de rien n'était
On joue à l'émotion

Entre un automne et un été
Mensonge par omission

Étrange crainte
En écoutant
Les douces plaintes
Du vent

Amours des feintes
Au présent
Et l'on s'éreinte
Hors du temps

Et pourtant maintes
Fois l'on tend
A se mainte
Nir longtemps

Le temps ne peut-il s'arrêter
Au feu de nos passions
Il les consume sans pitié
Et c'est sans rémission

Couleur absinthe
Odeur du temps
Jamais ne serai
Comme avant

Amours des feintes
Au loin j'entends
Là-bas que tinte
Le temps

De ces empreintes
De nos vingt ans
Ne restent que les teintes
D'antan

Qui peut être et avoir été
Je pose la question
Peut-être étais-je destinée
A rêver d'évasion

Hey man Amen

Quand je serai refroidu
Je laisserai à mon petit Luli
Des nèfles et mes abattus

A toi de te démerdu
Mon pauvre Lulu
Tu m'as perdi
T'inquiète, je me casse au Paradus

Me manqueront tes baisers éperdus
Tes peluches crades ton petit Snoopy
Oublie-moi, oublie-moi Lilu

Lorsque je serai dans les nu
Ages entre Schumann et Stravinsky
Pense à moi, je ne veux pas que tu m'oublues

Petit gars lorsque sur moi tu auras tout lu
Tu ne sauras pas combien de Loli
Ta j'ai baisées j'ai eues dans mon lut

Ouais lorsque j'aurai disparu
Plante pour moi quelques orties
Sur ma tombe mon petit Lulu

VIII

ECCE HOMO
Aphorismes et humeurs

Il faut penser au peintre japonais qui regarde une fleur pendant trois mois et la cerne en quelques secondes.

*

Lucien Ginzburg... maintenant ça passe.

Je voulais m'appeler Julien, à cause de Julien Sorel. Après, je suis tombé sur Lucien Leuwen, autre héros de Stendhal. Ça m'a réconcilié avec mon prénom, mais finalement j'ai choisi Serge. Par nostalgie d'une Russie que je n'ai jamais connue

*

J'ai retourné ma veste quand je me suis aperçu qu'elle était doublée de vison.

*

Le snobisme, c'est une bulle de champagne qui hésite entre le rot et le pet.

*

En définitive, j'ai pris les chemins vicinaux.

*

— Pensez-vous que vous passerez à la postérité ?
— Eh bien, je vous dirai la phrase de je ne sais plus qui : « Et qu'est-ce que la postérité a fait pour moi ? »

*

L'homme a créé des dieux. L'inverse reste à prouver.

*

Juif : ce n'est pas une religion.
Aucune religion ne fait pousser un nez comme ça.

*

Qui a coulé le Titanic ? Iceberg, encore un juif.

*

Ce qui me gêne dans la jument c'est la queue.

*

La queue c'est féminin, le con masculin.
Question de genre.

*

Qui promène son chien est au bout de la laisse.

*

Doit-on dire un Noir ou un homme de couleur.
Tout ceci n'est pas clair.

*

Ma Rolls-Royce a ceci de particulier que les deux R sur la calandre sont rouges, c'est rare.

Quand Monsieur Charles S. Rolls est mort, un R est devenu noir. Et après Frederick H. Royce, les deux.

*

J'ai toujours été déçu dans mes amitiés.
Je compte mes amis sur les doigts de la main gauche de Django Reinhardt.

*

L'amour est aveugle et sa canne est rose.

*

Amour hélas ne prend jamais qu'un seul M, faute de frappe on écrit haine pour aime.

*

Prendre les femmes pour ce qu'elles ne sont pas et les laisser pour ce qu'elles sont.

*

Chut ! L'amour est un cristal qui se brise en silence.

*

Nos adieux seront partagés.

*

Je suis un faussaire de compagnie.

*

Ma Rolls... c'est mon Steinway.

*

L'amitié est imbaisable et c'est là que je me fais baiser.

*

L'intemporel j'en ai rien à cirer.

*

Je fume, je bois, je baise. Triangle équilatéral.

*

Je ne veux pas qu'on m'aime, mais je veux quand même.

*

Les femmes, au fond et au fion, adorent les misogynes.

*

J'arrête de fumer. Toutes les cinq minutes.

*

Caresses et coups de poing dans la gueule sont les pleins et les déliés de l'amour.

*

J'ai tout réussi sauf ma vie.

*

Je ne me casse pas, parce que ce sont les femmes que je casse.

*

La beauté est la seule vengeance des femmes.

*

Je ne veux plus entendre que le silence.

*

La connerie c'est la décontraction de l'intelligence.

*

A priori je n'ai aucune idée préconçue. Mais il y a des connexions magiques.

*

L'Ennui ? une position aristocratique.

*

Je suis aussi chez Gallimard, entre Genet et Gide. Sur ces trois-là, il n'y en a qu'un qui aura aimé les femmes. Moi.

*

L'envers vaut l'androgyne.

II

III
TEXTE FOR REGGAE PARTY

IV
FEMMES

V
MON PROPRE RÔLE

VI
POUR CHARLOTTE

VII
DERNIÈRES NOUVELLES DES ÉTOILES

DU MÊME AUTEUR

Aux Éditions Gallimard

EVGUÉNIE SOKOLOV, *roman* (Folio, n° 1643)

Chez d'autres éditeurs

CHANSONS CRUELLES, *textes,* éd. Tchou, 1968 (épuisé)

MELODY NELSON, *texte,* éd. Losfeld, 1971 (épuisé)

AU PAYS DES MALICES, *textes,* éd. Le Temps Singulier, 1980 (épuisé)

BAMBOU ET LES POUPÉES, *texte et photographies,* éd. Filipacchi, 1981

GAINSBOURG, *album* (en collaboration avec Alain Coelho et Franck Lhomeau), éd. Denoël, 1986

MON PROPRE RÔLE 1, *textes,* éd. Denoël, 1987, 1991

Impression Bussière à Saint-Amand (Cher),
le 21 octobre 1991.
Dépôt légal : octobre 1991.
Numéro d'imprimeur : 2406.
ISBN 2-07-038446-2./Imprimé en France.

53813